AF202474

Tucholsky Wagner Zola Scott Sydow Freud Schlegel
Turgenev Wallace Fonatne

Twain Walther von der Vogelweide Fouqué Friedrich II. von Preußen
Weber Freiligrath Frey
Kant Ernst
Fechner Fichte Weiße Rose von Fallersleben Richthofen Frommel
Hölderlin
Engels Fielding Eichendorff Tacitus Dumas
Fehrs Faber Flaubert
Eliasberg Ebner Eschenbach
Maximilian I. von Habsburg Fock Zweig
Feuerbach Ewald Eliot Vergil
Goethe Elisabeth von Österreich London
Mendelssohn Balzac Shakespeare Dostojewski Ganghofer
Lichtenberg Rathenau Doyle
Trackl Stevenson Hambruch Gjellerup
Mommsen Tolstoi Lenz Hanrieder Droste-Hülshoff
Thoma von Arnim
Dach Verne Hägele Hauff Humboldt
Reuter
Karrillon Rousseau Hagen Hauptmann Gautier
Garschin Defoe Baudelaire
Damaschke Hebbel
Descartes Hegel Kussmaul Herder
Wolfram von Eschenbach Dickens Schopenhauer Rilke George
Bronner Darwin Melville Grimm Jerome Bebel
Campe Horváth Aristoteles Proust
Bismarck Vigny Barlach Voltaire Federer Herodot
Gengenbach Heine
Storm Casanova Tersteegen Grillparzer Georgy
Chamberlain Lessing Langbein Gilm Gryphius
Brentano Lafontaine
Strachwitz Claudius Schiller Kralik Iffland Sokrates
Bellamy Schilling
Katharina II. von Rußland Gerstäcker Raabe Gibbon Tschechow
Löns Hesse Hoffmann Gogol Wilde Vulpius
Luther Heym Hofmannsthal Morgenstern Gleim
Roth Klee Hölty Goedicke
Luxemburg Heyse Klopstock Puschkin Homer Kleist
La Roche Horaz Mörike Musil
Machiavelli Kierkegaard Kraft Kraus
Navarra Aurel Musset Moltke
Lamprecht Kind Kirchhoff Hugo
Nestroy Marie de France Laotse Ipsen Liebknecht
Nietzsche Nansen Ringelnatz
Marx Lassalle Gorki Klett Leibniz
von Ossietzky May Irving
vom Stein Lawrence
Petalozzi Knigge
Platon Pückler Michelangelo Kock Kafka
Sachs Poe Liebermann Korolenko
de Sade Praetorius Mistral Zetkin

Die alten Leutchen

Helene Böhlau

Impressum

Autor: Helene Böhlau
Umschlagkonzept: toepferschumann, Berlin

Verlag: tradition GmbH, Hamburg
ISBN: 978-3-8424-0371-0
Printed in Germany

Text der Originalausgabe

Helene Böhlau
(Frau al Raschid Bey)

Die alten Leutchen

In Altweimar, in dumpfer, enger Gasse hing an einem altmodischen Haus, das längst nicht mehr steht, über einem Warengewölbe ein unscheinbares, blaues, verblichenes Ladenschild, darauf stand in schnörkelhafter Schrift:»Spezereiwaren-Handlung von Balduin Häberlein.« Das Lädchen hatte ein gedrücktes Bogenfenster, in dem die Herrlichkeiten, die feilgeboten wurden, auslagen, und vor dem Fenster war ein Brett angebracht, um mancherlei Lockspeise den Leuten vor die Nase zu setzen. Da prangte, je nach den Jahreszeiten, ein Körbchen zarten Gartensalates, ein appetitlich aufgeschnittener Käse, der unter seiner blanken Glasglocke einen gar erfreulichen Anblick bot; da lag ein starrer, feister Fisch, so recht der Länge nach; da stand ein hübsch Gerichtlein zarter Rüben, und gab es etwa nichts anderes des Frostes wegen, so hockten nebeneinander auf dem Brett weiße Leinwandsäcke voll Backobst, auserlesener Wachsbohnen und Erbsen. Es hatte alles ein solides Ansehen. Und das alte Gewölbe schien in gutem Rufe zu stehen, denn den Nachbarsleuten, die auf das Hin und Her vor den Fenstern achteten, waren es wohlbekannte Laute, wenn das helle Ladenglöckchen klang und wieder klang, und immer gab es für die müßigen Seelen etwas zu beobachten, wenn sie auf das Spezereigewölbe ihr Augenmerk richteten. Von früh bis zum Abend ging Mägdevolk ein und aus und Hausfrauen mit wichtiger Miene, denn es galt, durch guten Einkauf einen neuen Stein einzufügen zum Aufbau häuslicher Gedeihlichkeit und Behäbigkeit. Behäbigkeit! – wie behagt sie doch dem wunderlichen Ding, das sein abgesondertes Leben in uns führt, dem allerliebsten Tier im Menschen, das neben der mit ihm eingespannten Seele, unbekümmert darum, ob diese bedrückt mit ihm einherläuft, es sich wohl sein läßt bei gutem Futter und in angenehmer Wärme. Das allerliebste Tier im Menschen macht sich breit neben Hoffnungslosigkeit und bewegt sich bequem neben schmerzlicher Erstarrung. Weil es ihm gar zu wohl gefällt, hält es die matte Seele, die ihr Bestes verloren hat, ab, heimzukehren, täuscht seine Gefährtin um die Erkenntnis ihres Elends und bekehrt sie endlich ganz zu sich. Die fängt dann sachte an und ahmt ihm nach, freut sich mit ihm mitten in Trostlosigkeit über einen guten Schluck und Bissen zur rechten Zeit und ist gelehrig. Erst tut sie vornehm mit, kühl wie ein Fürst unter Bauersleuten, doch nicht lange, und sie ist von der gesunden Niedrigkeit, in der sie sich bewegt, durchdrungen. Da tritt an die Stelle einer verlorenen, höchsten Hoffnung, vielleicht für einen Augenblick erst nur, die Befriedigung, die eine behagliche Umgebung, eine Lieblingsspeise bietet, und dann währt es nicht allzulange, daß die stolze, gekränkte Seele dumpf mit ihrem Tier zusammenhockt, und alles, was ihr einst eine übermenschliche Qual erschien, hat sich unmerklich nach und nach in sanftes Wohlleben gelöst. Es ist ihr wieder heimisch und gemütlich auf Erden geworden. Sie hatte sich ihren Platz unter der Menschheit vielleicht mit höchsten Mitteln und Opfern erobern wollen, hatte gelitten, mutig gekämpft, alles daran gesetzt und hoffnungslos verloren. Und nun, fast ohne zu wissen, wie sie dazu gekommen, steht sie hübsch fest, hat, was sie braucht, und denkt an ein unverständliches, übermäßiges Wollen, das sich einst in ihr regte, als an etwas längst Überwundenes lächelnd zurück.

Und in diesem Sinne ist unser solides, vertrauenerweckendes Lädchen ein wichtiges und gutes Ding, und die Miene der Hausfrau, die dort ein- und ausgeht, ist mit Recht bedeutungsvoll, und der Einkauf im Lädchen ist keineswegs leichtsinnig zu betreiben, sondern voller Würde und Hingabe. Da ist ein vorzüglicher Käse, saftig, zart, von angenehmstem Aroma und gewürziger Kraft. Steht dieser auf einem gewissen Punkte seiner Vollendung, das heißt, ist er in dem Prozeß der Zersetzung gerade so weit vorgeschritten, nicht weniger und nicht mehr, als wie er seit Generationen schon für ausgezeichnet erkannt worden ist, so trägt die Hausfrau, die ihn in solchem glücklichen Stadium erlangt hat, etwas Wertvolleres mit heim, als sie bezahlte. Die Möglichkeit liegt da, daß dieses harmonisch vollendete Käschen, doch will das wohl verstanden sein, von größerer Wirkung werden kann als Recht, Gesetz und Menschenwürde, als das, was uns in Schranken und Sitte hält. Es repräsentiert gewissermaßen für den, der sich einen Bissen davon auf der Zunge zerfließen läßt, das, was man Wohlleben nennt. Er genießt eine kleine Anreizung starker Empfindungen. Vielleicht trägt er sich mit allerschwersten Gedanken. Leidenschaft zehrt an ihm, Trostlosigkeit, tiefer Überdruß, verlockendes Unrecht blendet ihn. Etwas von diesem allen erregt ihn, und er ist nahe daran, zu verderben, alles hinter sich zu werfen, um auf Gnade und Ungnade zu leben, zu genießen und zu enden. Was ihn bewegt, ist mächtig, steht in großen Zügen. Er sieht den Tod, sieht sein Glück und sein Verderben, weiter nichts. Da schluckt er von dem Käschen oder sonst von einem guten Bissen, und es drängt sich in sein tragisch starkes Empfinden allerlei Kleinzeug. Der nicht erwähnenswerte Genuß, der, von ihm kaum beachtet, auf der Lippe prickelt, weckt die Erinnerung an tausend andere, an eine Macht, die aus solch kleinen, angenehmen Unbedeutendheiten besteht. Diese Macht hebt sich, stellt sich verderbenbringenden Entschlüssen entgegen und schafft dem über Sitte und Gewohnheit Hinausstrebenden unbemerkt den sicheren Halt. Gesetz, Vernunft und alles, was der Menschheit Schutz verleihen sollte, hatte nichts ausrichten können, das Verderbliche war unaufhaltsam gewachsen. Der Mensch hatte sich und andere vielleicht preisgeben wollen; da zur guten Stunde schlich sich ein Bote des Behagens ein. Der kam dem Tier im Menschen zu paß, es dehnte sich und verlangte gestärkt doppelt eifrig nach seiner Behäbigkeit zurück.

So ist mancher gerettet und gezwungen worden, an den alltäglichsten Annehmlichkeiten von schwerem Leiden zu gesunden. Daher ist solch ein wohlgehaltener Laden, wie der des Händlers Balduin Häberlein, von tieferer Bedeutung, als es dem harmlosen Beobachter erscheint. Und es ist die Wahrscheinlichkeit vorhanden, daß er seinen Mann, wenn er die Sache versteht, reichlich und überreichlich ernährt. Dieser und jener mag aus dem alten Spezereigewölbe ein mächtiges Lebenselixier, das gegen Trübsal und Jammer ihn standhalten ließ, gewonnen haben, ohne zu wissen, was ihn erhielt. Der alte Balduin Häberlein ahnte auch nicht, daß seine Kundinnen gar tief bei ihm in Schuld steckten. Der einen hatte er den Mann durch muntere, gute Bissen, die er klug in Vorrat hielt, vom Trübsinn gerettet. Und dem Sohn einer anderen, der auf schlechte Wege geraten war, hatte die vorzügliche Küche seiner Mutter und die auserwählt guten Zutaten, die sorglich und reichlich beschafft wurden, die Ehrenhaftigkeit und gute Stellung des Hauses dargetan, mehr als Liebe und jedes würdige Gefühl, so daß er angesichts der wohlbestellten Tafel nicht den Mut gewinnen konnte, abzufallen. Im Hause einer anderen trug sich einer mit Todesgedanken und kam nicht zu deren Ausführung, weil es im Februar Lachs, in einem Monat Austern gab, im folgenden Krebse, dann wieder Wildbret. Jeglicher Monat brachte sein Gutes, und keiner wollte kommen, der frei von jeder Lockung gewesen wäre. Häberlein aber wußte nichts davon, daß er ein Helfer und Retter war, nahm all die verschiedenen Verlangen, Nöte und Sorgen, von denen die Kunden ihm in den Laden getrieben wurden, in bare Münze umgesetzt, zufrieden ein, lebte mit seiner kleinen Frau im Ladenstübchen und brachte seine Tage in Tätigkeit und größter Ehrbarkeit hin. Er war ein echter und würdiger Spießbürger, hatte seine erprobten Eigenheiten in Kleidung und Ausdrucksweise, trug das straffe, graue Haar starr in die Schläfen hineingekämmt, jahraus jahrein ein kariertes Halstuch unter der Weste, und an Markttagen, wo das Geschäft besonders rege ging, hielt er es für notwendig, eine blaue Schürze vorzubinden. Die Mägde betitulierte er durchweg mit Jungfer Köchin, behandelte sie jovial und etwas herablassend und sah ihnen gehörig auf die Finger. Gegen die Frauen und gnädigen Frauen aber blieb er unveränderlich von größter Höflichkeit. Er war ein Mensch, der so sehr hinter seinen Ladentisch zu gehören schien wie die Schnecke in ihr Haus. Wer ihn kannte und gewohnt war, ihn zu sehen, wie er zwischen seinen Tonnen und Tönnchen, seinen Käseaufschnitten mit Kisten und Näpfen hantierte und von einer Atmosphäre umgeben war, die mit der eigentlichen Luft keine nähere Verwandtschaft hatte als ein frischer Waldbach mit einer Burgundersauce, der konnte sich den Händler Balduin Häberlein nicht in Gottes freier Natur vorstellen; und wäre er ihm an einem schönen Frühlingstage unter blühenden Bäumen am Flußufer auf sich schlängelndem Wiesenpfade mit der kleinen Frau Häberlein am Arme begegnet, er hätte seinen Augen nicht getraut über die närrische Ungereimtheit der Erscheinung inmitten der frischen Frühlingspracht. Balduin Häberlein war von den Eigenschaften seiner Umgebung durchdrungen und durchzogen. Und selten genug kam es vor, daß die beiden fleißigen und geduldigen Leute in ihrem Sonntagsstaat aus dem Ladenstübchen gingen, um sich eine kleine Erholung zu gönnen. Sie lebten so hin wie viele Tausende; vom Morgen bis zum Abend taten sie ihr Tagewerk, das ihnen vom Schicksal auferlegt war. Schon viele Jahre miteinander verheiratet, waren sie kinderlos geblieben, und die Zeit hatte nichts weiter an ihnen vollbracht, als dazu gehört, aus einem Paar würdiger, wohl-

angesehener junger Leute ein Paar gerade solcher alter zu machen.
Sie brauchten nicht viel bei diesem Wandel von jung zu alt zu be-
klagen, im Gegenteil waren sie dabei in aller Muße und Solidität zu
dem, was ihnen in jungen Jahren in besonders verständnisinnigen
Stunden als Wünschenswertestes vorschwebte, gekommen.

Sie hatten ihr Geschäftchen miteinander zu einer einfachen, von
Grund aus sicheren Vorzüglichkeit gebracht, kannten die besten
Quellen, standen mit ältesten, wohlbewährten Häusern in Verbindung und betrieben ihre Angelegenheit mit einer gewissen Weihe
und Hingabe. Balduin Häberlein und seine Frau paßten im Alter
gut zueinander und sahen aus, wenn sie hinter ihrem Ladentische
standen, als wären sie füreinander geschaffen, so daß es nicht gut
anging, sie sich einzeln vorzustellen; nur tat die kleine Frau es dem
Händler nicht ganz in Ruhe und Gemessenheit gleich. Er war längst
schon in seinen Gewohnheiten, Liebhabereien, in Gang und Redensarten ein Bürgersmann geworden, an dem die Jugendjahre ihre
Arbeit getan hatten, als an ihrer kleinen Person sich jedes, von ihm
überwundene Lebensalter noch zu schaffen machte. Es hatte sich
alles bei ihr zusammengefunden; das Kindische und Kindliche und
die Jugend hatten sich bei ihr dauernd einzuschmeicheln gewußt,
und als das Alter kam, fand es eine ziemlich muntere Gesellschaft,
die sich nicht so ohne weiteres vertreiben ließ, und es mußte sich
ein Eckchen suchen und ganz bescheiden bei denen zu Gaste sitzen,
die sonst in tausend Fällen aus Haus und Hof von ihm verjagt werden. Wäre dies kleine, bewegliche Geschöpf nicht sehr beizeiten
Frau Häberlein geworden, hätte sie das Schicksal in ein vornehmes
und reiches Haus gesteckt, wer weiß, welch Wunder von eleganter
Schelmerei und artiger Liebenswürdigkeit sich in ihr ausgebildet
haben würde. Vielleicht hätte sie zu den Reizenden ihres Ge-
schlechts gehört, bei denen alles Anmut und Heiterkeit ist. Aber das
Leben paßt nun einmal seine Geschöpfe mit den Jahren ihrer Umgebung an und läßt einen gewissen überflüssigen Reiz in Bewegung
und Gebärde bei bürgerlicher Arbeit nicht aufkommen. Und was
das Beklagenswerte ist, daß ein verkümmerter, reich begabter
Mensch mit seinen unfertigen, nicht zur Auswirkung gekommenen
Gaben einen Hauch von Komik an sich trägt, der den wohlwollen-
den Beobachter fast schmerzlich berührt. So war es bei der kleinen
Frau. Hurtig, flink und sicher bediente sie jahraus jahrein neben

ihrem Balduin die Kunden, immer freundlich und hingebend, und verschwendete bei dem Formen einer Tüte oder dem Aufschneiden eines Schinkens einen Überfluß an Zierlichkeit, welcher der Kundin ein Lächeln ablockte.

Dem Händler aber war das Benehmen seiner Frau von jeher gerade recht, und er glaubte an ihr einen Ausbund von Manierlichkeit zu besitzen, und da er eine gerechte und dankbare Natur war, so schrieb er einen guten Teil seines Wohlstandes der Zuvorkommenheit und dem adretten Wesen des Frauchens zu und war ihr stets ein guter und nachsichtiger Ehemann. Sie bekam kein hartes Wort von ihm zu hören, nur in aller Ruhe und Gelassenheit suchte er ihr manchmal begreiflich zu machen, daß sie einem Hange nach Festlichkeit und allerlei Lebensausputz zu sehr nachgäbe, daß sich derlei nicht für ihre Stellung schicke und unnütz sei.

Dieser Hang war da, doch hatte er sich bei ihr durch lange Jahre hindurch nicht ausgebreitet, sondern sich stets ungefährlich und harmlos verhalten. In anderen Verhältnissen hätte er, der Begleiter von Reiz und Anmut, sich wie diese zu einer Höhe entwickeln können. Leichtsinn, Freude an Schönheit, mächtigster Trieb nach Heiterkeit und leichtem Leben wären dann wohl in der Delikateßhändlerin erwacht und hätten sie zu tausend Torheiten verlockt, so aber war sie mitsamt ihren Anlagen bis in das Alter hinein ein rechtes Kind geblieben und den bescheidenen, anspruchslosen Menschen, unter denen sie lebte, eine Annehmlichkeit. Ihr Mann konnte sich gar nichts Besseres, als in ihrer Pflege zu stehen, denken und ließ sie im Grunde ungestört ihren kleinen Schrullen nachhängen, die ihm nicht ganz verständlich waren und in denen er in den ersten Jahren ihrer Ehe den schon erwähnten besorglichen Trieb nach Wohlleben gewittert hatte, dessen mögliches Wachstum ihm bedrohlich erscheinen wollte, so unschuldig auch ihre Liebhabereien waren und blieben.

Zu dem schmalen, altmodischen Hause, das der Händler besaß und das er von seinem Vater ererbt hatte, gehörte ein enger Hof, der von hohen Hintergebäuden rings eingeschlossen war, so daß man von ihm aus weiter nichts von der ganzen Welt als nur ein winzig Stückchen Himmel sah, und dazu mußte man sich mitten in das Höfchen stellen und über sich schauen. Diese kleine Ecke aber war

von Frau Häberlein sehnsuchtsvoll ausersehen, um hier einige überflüssige Lebensfreude zu gewinnen. Sie hatte als ganz junges Weib
Tag und Nacht davon geträumt, in dem Hof sich ein Plätzchen zu
schaffen, wo sie nach ihrer Tagesarbeit und in einer freien Stunde
mit ihrem Strickstrumpf sitzen könne. Ihr Mann, als sie ihm zum
erstenmal beim Abendessen schüchtern ihren Plan mitgeteilt hatte,
mußte darüber lachen und sagte:»Was fällt dir ein? Das wäre ein
schönes Vergnügen, in dem dunklen Loche zu sitzen. Das darf man
der Nachbarsleute wegen schon nicht tun.« Da sah er, daß seiner
Frau die Tränen in die Augen traten, schüttelte den Kopf und bekam, weil er diesen Vorgang in ihr nicht begriff, einen kleinen Ärger über sie. Als er sie aber am andern Morgen geduldig und zierlich im Laden hantieren sah, da fühlte er sich so hübsch sicher und
geborgen durch die Wahl der Frau, daß er ganz vergnügt und
übermütig wurde und einer alten Köchin, der die Kleine eben eine
Tüte Pfeffer für den Dreier abwog, ein Spitzglas guten Likörs
wohlwollend schmunzelnd entgegenreichte, so daß alle drei sich
mit angenehmen Empfindungen lächelnd gegenüberstanden: die
Frau, weil sie sich bei dem Benehmen ihres Gatten eine Vorstellung
machte, als müsse es ihm außerordentlich wohl zumute sein; auch
erschien er ihr in diesem Moment etwas komisch, und das mochte
sie an ihm leiden; die Köchin, weil sie die Güte des Händlers und
seines Likörs überraschte, und Herr Balduin, weil es ihm in Wahrheit, wie seine Frau es ihm angesehen, wohl zumute war und An-
genehmes sich für ihn schon belebt hatte. Ein blühendes Geschäft,
ein gutes, tüchtiges Weib, unbedingte Achtung seiner Kunden, eine
Kiste ganz vorzüglicher *Sardines à l'huile*, die vor einer Stunde an-
gekommen war und mit deren Inhalt er sein Gewölbe lockend aus-
staffieren wollte, er war in bester Stimmung.

Als er aber an diesem Tage gegen Abend in das Ladenstübchen
trat, da sah er seine Frau an dem tiefnischigen Fenster sitzen, das
hinaus auf eine Quergasse blickte. Es stand ein Korb voll Federn
neben ihr, und sie hielt einen Kapaun, an dem sie verständnisvoll
gerupft hatte, um ihn zum Verkauf vorzubereiten, nachlässig in den
Händen, bemerkte das Eintreten ihres Gatten nicht und schaute so
ganz verloren zum Fenster hinaus mit einem Ausdruck, daß, wenn
selbst ein dummer Tropf vorübergegangen wäre und sie beachtet
haben würde, er bei sich gedacht hätte: Da sitzt ein melancholisches

Frauenzimmer. Der Herr Balduin sah sie erstaunt an und wußte nicht recht, was er denken und wie er sich benehmen sollte. »Na, Anna«, sagte er, »was hast du denn?« und legte ihr die Hand auf die Schulter. Da machte sie Augen wie eine arme Seele und lächelte verlegen. »Ja, was hast du denn?« fragte der Händler noch einmal ganz bewegt und verwirrt. Sie waren damals schon ein paar Jahre miteinander verheiratet, und es war immer ruhig bei ihnen zugegangen. Die Frau mochte wohl hin und wieder ihre trüben Gedanken still für sich gehabt haben, sonst wäre der schmerzliche, wehmütige Zug, der Herrn Balduin in Erstaunen gesetzt hatte, nicht so klar auf ihrem Gesicht zu lesen gewesen, aber sie hatte noch keinerlei Trost oder Zuspruch von ihrem Gatten beansprucht und war jederzeit munter und freundlich geblieben, und nun war ihm der sanfte, traurige Blick eine neue Erscheinung. Als er sie noch einmal, schon etwas ungeduldig, darauf anredete, was ihr fehle, da brach sie in Tränen aus, legte den Kapaun auf das Fensterbrett, lehnte ihren Kopf an die Schulter ihres Mannes und sagte: »Es wäre so hübsch von dir, wenn du mir erlaubtest, daß ich mir im Hofe ein Sitzplätzchen herstellen dürfte.« – »Was meinst du?« fuhr Häberlein halb erschreckt und halb belustigt auf, als hätte er nicht recht gehört; »und darum heulst du?« – »Darum?« – »Nun, Gott sei Dank, daß wir keine Kinder haben, das wäre eine schöne Geschichte. Mit fünf Jahren wären sie gescheiter als ihre Mutter, und ich hätte die ganze Bande mit samt dir auf dem Hals. – Na, sei nur ruhig.« Er gab ihr einen Kuß; als sie aber immer heftiger weinte, schüttelte er verblüfft den Kopf und sagte: »Meinetwegen, da kehr dir in der Spelunke einen Platz und tanz darauf; mir soll's recht sein. – Sei nur ruhig.« – Und er klopfte ihr besänftigend auf die Schulter, dünkte sich väterlich und weise und meinte bei sich, daß ein Mann, wie er, doch etwas ganz Gehöriges bedeute gegen so eine Frau. Hätte er geahnt, daß er in dem Augenblicke dem tiefsten Geheimnis der Philosophie in der Erkenntnis ebenso nah und so weit entfernt sei wie den Vorgängen in der Seele des kleinen verweinten Weibes, er würde sich nicht schlecht gewundert haben.

Die Frau stand auf und nahm ihren Korb mit Federn in die Höhe, setzte ihn aber wie in Verwirrung wieder nieder, öffnete die vollen, vom Weinen heißen Lippen, als wollte sie etwas sagen, und sah zu Herrn Balduin auf. Dieser trommelte mit den Fingern auf einer Kiste, die auf dem Tische stand, und schaute nicht ganz behaglich vor sich hin. Noch einmal öffnete sie die Lippen und begann bescheiden und mit vom Weinen noch zitternder Stimme:»Wenn man so denkt, daß es auf Erden so viele Dinge gibt, die unsereins nicht kennt, und gar viele Freuden, die auf andere Leute fallen und uns auslassen, da kommen doch mitunter Gefühle über einen, die gerade wie eine Sehnsucht sind.« – »Nun, was willst du damit«, frug er etwas gereizt,»bist du nicht mehr zufrieden? Willst du Änderungen haben – immer zu! Trotzdem es kein gutes Zeichen ist, wenn das Weib oben hinaus will. – Aber nur zu!« Da lächelte die junge Frau, schüttelte den Kopf und sagte:»Was bist du nur gleich so böse?« Dann setzte sie leise hinzu:»Es war nur wegen der Dämmerung, daß mir es ein bißchen schwer ums Herz wurde.« – »Gut, dann schlag auch nicht Lärm, daß man meint, alles ginge drunter und drüber«, unterbrach sie mit Würde Herr Balduin, faßte sie am Kinn, hob ihr den Kopf, lachte trocken auf, indem er sie ansah, und sagte: »Was seid Ihr Frauensleute doch durchweg für Narren. Da stellt man sich vor, wenn einmal eine ihre Sache gut macht und vom Geschäft etwas versteht, es wäre Vernunft hinter der Geschichte, aber Gottes Wunder, wenn man das Ding bei Lichte besieht, da fällt alles unter den Händen auseinander, und man begreift nicht, wie ein Frauenzimmer irgend etwas Vernünftiges zusammenbringen kann vor lauter Kinderei und Verworrenheit. Sitzt eine Frau, die sich in die Zeiten doch endlich schicken sollte, in der Dämmerung und heult. Und weshalb? Es ist nicht zu sagen.« Balduin lachte im Gefühl seiner Bedeutung, trat mit dem Fuß auf und ging einmal heftig im Zimmer auf und nieder, blieb vor seiner Frau stehen und sagte:»Schaff du dir deinen Platz, wenn es dich glücklich macht, ich lege dir nichts in den Weg; aber nun ist's gut und kein Gejammere mehr. Du kannst doch, weiß Gott, zufrieden sein. Suche dir einmal einen Mann, wie ich bin, du würdest dich schön umgucken.«

In diesen Worten lag Überzeugung, die keiner Begründung weiter bedurfte. Das gute Weib blickte so voller Vertrauen und mit einem leichten Zug lieblichster Schelmerei zu ihm auf, daß sie in diesem Augenblicke ihres Lebens in vollster Blüte stand, in ungetrübter Anmut. Denn ihre Bewegung drang aus innerstem Herzen, in dem die Gefühle rein und unangetastet liegen und wenn sie aus ihrer Tiefe auftauchen, jeden Zug, die ganze vom Leben erniedrigte Erscheinung mit einer Überstrahlung heiligen.

Die Frau verstand das Wesen ihres Mannes fast unbewußt. Die gutmütige Selbstzufriedenheit, die muntere Überhebung berührte sie wie ein lieber Scherz, den sie voll durchschaute, der ihr wohlbekannt war und gegen den sie in ihrer Liebe nichts einzuwenden hatte. Herr Balduin fand, daß er ein nettes Weibchen habe, als die Frau in dem dämmerigen Ladenstübchen vor lauter guten, innigen Gefühlen wie mit Rosen überschüttet vor ihm stand.

So und ähnlich lebten die beiden Leutchen in gutem Behagen miteinander. Sie war mit ihrem Herrn wohl zufrieden und er mit ihr. Dem guten, etwas trockenen Balduin Häberlein aber fiel es nicht bei, daß neben ihm ein wunderschönes Leben wie ein eingeengter Quell leise, aber mit verhaltener Heftigkeit drängte, und wo in der Einengung ein Spalt entstand, in einem scharfen Strahl hervorsprudelte zu seinem außerordentlichen Erstaunen, denn von einem zum anderen Male vergaß er die unvermutete Übersprudelung, hatte aber doch bei jedesmaliger Wiederkehr, und als er sah, daß das Ding keinen Schaden anrichtete, eine versteckte Freude an solch unberechenbaren Zwischenfällen.

An der Einnistung in dem erbärmlichen Hof hatte sie sich damals durch nichts irre machen lassen und nicht Ruhe gehalten, bis Herr Balduin ihr eine Bank von Tannenholz, die sie vom Lehrjungen grün streichen ließ, schenkte, hatte sich eine Hacke gekauft, um ein paar Pflastersteine damit zu lockern: und da sie mit dieser Arbeit nicht zustande kam, war, ohne daß man es recht wußte, wie sich das gemacht, Herr Balduin in höchsteigener Person darüber gekommen. Er führte die zweifelhafte Idee seiner Frau aus, in dem schwerschattigen Hofe ein Beet zu schaffen, ächzte und stöhnte dabei und räsonierte über das sinnlose Frauenvolk. Aber die Frau hatte mit den Verhältnissen klug gerechnet und ihr Beet an dem bestmöglichen Platze angelegt. Der Tür gegenüber, die in den Hausflur führte, schien durch ein Fenster, welches zur Straße hinausschaute, und durch die Haustür, wenn sie offen stand, ein Stündchen des Tages die Sonne herein. Da bekam der Hof auch ein Teil Licht, und wenige Augenblicke, wenn alle Türen offen standen, trafen ein paar Sonnenstrahlen auf das Fleckchen, auf dem die Frau hoffnungsvoll und freudig ihr Beet angelegt hatte. Das war von ihr wohl bedacht worden. Auf das Beet pflanzte sie einen Strauß Petersilie, steckte ein paar Weizenkörner in das Erdreich, welche bleiche, ährenlose Halme aufgehen ließen, säte Kresse und ließ sich von einem Gärtner einige geduldige Tausendschönchen und Stiefmütterchen geben und noch ein unbestimmbares Schattenkraut. Vor die grüne Bank setzte sie ein wackeliges Tischchen und stellte, so oft es sich tun ließ, einen frischen Blumenstrauß darauf. So war für ihre liebevollen Augen ein schönes Gärtlein zustande gekommen, das für sie wirklich eine Quelle von Annehmlichkeiten wurde. Durch sorgliche Pflege und starken Willen brachte das kleine leidenschaftliche Weib es dahin, daß trotz Schatten und jeder Ungunst, in Jahren ein festgewurzeltes Allerlei um die grüne Bank her den feuchten Boden bedeckte. Zu einer Blüte brachte es keine der Pflanzen, aber zu einem guten Blätterwerk, und gerade der Tür gegenüber auf dem Flecke, der durch glückliche Zufälligkeiten von ein paar Sonnenstrahlen gestreift wurde, hatte sie den Gedanken gehabt, einen Fliederstrauch zu pflanzen, und damit das Richtige getroffen. Er gedieh und war mit der Zeit ein ganz stattlicher Busch geworden, der durch die offene Haustür grün und feucht zur Straße hinausschimmerte.

Nachdem mittlerweile Jahr um Jahr vergangen war und das Geschäft durch unermüdliche Vorsorge des Ehepaares ein Erkleckliches abgeworfen hatte, sollte auch das Gärtchen, das bisher nur stille, beschauliche Stunden geschaffen hatte, der Frau zu guter Letzt auch eine Freundschaft eintragen. Oben in die Dachwohnung war eine neue Mieterin gezogen. Eine Person ungefähr in dem Alter der Delikateßhändlerin, eine Frau Salome Thorspeck, die immer, ehe sie zu ihrer Stiege hinaufging, ein Weilchen auf den grünen, frischen Fleck im Hofe lugte. Die beiden Frauen waren einmal, als die Häberlein im Höfchen gewirtschaftet hatte und wohlzufrieden in der Tür lehnte, um ihr Werk Zu betrachten, und Frau Salome gerade die Treppe hinabstieg, miteinander in ein längeres Gespräch über das Gärtchen gekommen. Sie hatten sich schon immer freundlich begrüßt, aber es wollte sich kein näheres Verhältnis zwischen ihnen anspinnen. Das lag an der Häberlein, die durch ihren Mann nicht gerade die beste Meinung von ihrer Mieterin hegte. Der war gegen Frau Salome stark eingenommen, und als seine Anna ihm jetzt ganz erfreut mitteilte, daß die Frau, die oben eingezogen, eine artige und verständige Person zu sein scheine, da fuhr er auf und sagte:»Laß mich mit der Närrin in Ruh! Schwatz du mit ihr, soviel du willst, und warte ab, bis sie dir ein Loch in den Magen geredet hat, denn das tut sie, da kannst du dich heilig darauf verlassen. Wer solche Briefe schreibt wie das Frauenzimmer oben, vor der muß man sich hüten. Das sage ich dir: die hat einen Sparren im Kopfe, denn solche Briefe schreibt unsereins nicht!«

Herr Balduin hatte Gelegenheit gehabt, die Salome Thorspeck als Briefstellerin kennenzulernen, und hatte sich ein Urteil über sie an ihren Produkten gebildet. Übrigens war er der Bevorzugte nicht allein, sondern außer ihm ein gut Teil wohlsituierter Handels- und Gewerbetreibender, die mit ihm in demselben Stadtviertel wohnten, kannten die Eigentümlichkeit der guten Salome, in wohlgesetzten Phrasen ihr Elend und ihre Übelstände denjenigen schriftlich ans Herz zu legen, von denen sie eine kleine Aushilfe zu erlangen hoffte. Sie lebte in armseligen Verhältnissen, stand ganz allein, war früh Witwe geworden und hatte drei Söhne zu erziehen gehabt, die zur Zeit, als sie in das Dachstübchen zu Häberleins einzog, schon in alle Welt verstreut waren und in entlegenen Erdwinkeln ihr knappstes Unterkommen gefunden hatten. Sie war eine gute, rechtliche Frau, vor der man alle Achtung haben konnte, denn sie hatte ein schweres Leben standhaft ausgehalten. Durch eine verhängnisvolle Begabung aber, den Ausdruck für ihre etwas wirren, etwas überschwenglichen Gefühle leicht zu finden, hatte sie sich geschadet und war um all die sauer verdiente Achtung gekommen, die ihr das Leben hätte einbringen sollen, und war statt dessen zur komischen Figur geworden, die ihre Mühsal und ihren Kummer wie ihr Wohlbefinden zur Unterhaltung und Belustigung ihrer Nebenmenschen tragen mußte. Die Welt ist grausam in der Beurteilung derer, die das Spärliche mit ihrer Begabung überschreiten, und höhnisch, wenn das Überflüssige an einer Person unzulänglich erscheint. Man hat das, was uns auferlegt ist, unwiderruflich zu tragen; – also aushalten. Da ist jede Betrachtung unnötig. Man soll schweigen und niemand belästigen. Spricht man doch, hält die Leute auf und jammert ihnen entgegen mit halb geschickten, halb ungeschickten Redewendungen, braucht, um die Lage klarzulegen, ein gutgefühltes Gleichnis, das man ungelenk und ungeübt nicht recht zu Ende führen kann, das sollte wohl mit Erbarmen erfüllen. In solcher Rede schimmert das auf, was vom harten Leben längst schon ertötet sein müßte. Statt dessen aber dient es zum Gaudium, und man ist übel daran. Und Salome hatte gar das Unglück, nicht nur zu reden, sondern ihre guten Gefühle, die ihr unter den Händen, wenn sie irgendeinen hilfesuchenden Brief verfaßte, zu abenteuerlichen Sätzen und verschrobenen Gedanken wurden, schriftlich niederzulegen. Was Wunder, daß es ihr schlecht erging.

Von dem Tage an, als sich die beiden Frauen auf dem Hausflur begegnet waren, hielten sie fest zueinander, saßen, so oft es sich tun ließ, zusammen auf der grünen Bank im Hof und gaben in dem großen Weltschauspiel eine Gruppe rührendster Unvollkommenheit ab. Eine jener Gruppen, wie sie sich zu tausend und aber tausend Malen bilden: der armselige Hof, der einen Aufenthalt der Lebensfreude darstellen sollte, die spießbürgerlich zierliche Delikateßhändlerin, die in anderer Atmosphäre in ununterbrochener Anmut ihr Leben geführt hätte, und Salome, deren reich empfindender Geist unter günstigerem Sterne zu einer schönen Ausbildung gekommen wäre. Es hat etwas Erschreckendes, zu denken, welch eine unendliche Macht edler Kraft verkümmerte. Doch wer ahnt, was in uns dazu bestimmt ist, das Ewige in sich zu tragen? Das, was wir als groß und schön, als errungen uns vorstellen, ist vielleicht vor dem Reichtum des Ungeahnten so verschwindend klein, daß es von dem, was wir unvollkommen nennen, nicht zu unterscheiden ist, und das eine dem Höchsten so nah und fern ist wie das andere.

Die beiden Frauen befanden sich recht wohl, wenn sie miteinander im Hof mit ihren Arbeiten zusammensaßen und plauderten. Anna ließ sich von den drei Söhnen der Freundin vorerzählen. Sie berieten miteinander den Küchenzettel. Herrn Balduins Eigentümlichkeiten und Vorzüge wurden zum öfteren durchgesprochen. Herr Balduin selbst war mit der Zeit dem Umgange Annas mit der Freundin geneigter geworden, ließ sich sogar herbei, den Sonntagskaffee und Kuchen, den seine Frau mit sicherster Regelmäßigkeit bereitete, in Frau Salomes Gesellschaft einzunehmen.

Frau Salome trug jahraus, jahrein eine ausgezackte, schwarze Pelerine und um die Taille einen alten Ledergürtel nachlässig geschnallt; an dem hing an einem perlengestickten Bande, das noch aus ihrer Mädchenzeit stammte, eine Schere. Salome war Flickschneiderin und nähte, so oft es sich traf, tagsüber bei den Leuten. Sie wußte allerlei aus den Familien ihrer Kunden mitzuteilen und tat es mit einem für fremdes Leben offenen Herzen. Für ihre Söhne hatte sie Frau Häberleins Gemüt sehr erweicht und war nach nicht allzu langer Bekanntschaft mit ihrer Gönnerin dabei, den Jüngsten in das Geschäft einzuschmuggeln. Der stand bei einem Kolonialwarenhändler in einem kleinen Städtchen in der Lehre und hatte es dort nicht zum besten. Und Anna trug sich nun zu allen Stunden mit dem Gedanken, ihren Mann dazu zu bestimmen, den Sohn der Freundin in das Haus und ins Geschäft zu nehmen. Das wurde eine jener Ideen, denen sie mit wahrer Glut nachhing, in die sie sich versenkte, an denen sie ihre Hoffnung und ihre überflüssigen Lebenskräfte sich austoben ließ.

Salome hatte für diesen Jüngsten eine ganz besondere Zuneigung, ließ durchfühlen, daß dieser Sohn ihr geistig vor allen anderen am nächsten stände, daß sie mit Rührung und Erbauung sich selbst in ihm von neuem leben sehe. Um die feine und zierliche Denkungsart des hoffnungsvollen Jüngsten darzulegen, erzählte sie, daß er im Gegensatz zu den anderen Söhnen von frühester Jugend an einer Vorliebe zum Zarten, Gefühlvollen nachgegeben habe.

Als sie das mit einer zu Herzen gehenden Rührung besprach, stand sie in der Küche der Frau Häberlein und schaute zu, wie diese eine feste, schöne Schweinskeule, die am Feuer schmorte, gewandt und sicher in der Pfanne hob, um sich von deren allseitigen Vorzüglichkeiten zu unterrichten. Salome ließ sich nicht dadurch stören, daß die Delikateßhändlerin im Gefühle der Verantwortlichkeit, die ihr der Augenblick auferlegt hatte, ihre ganze Aufmerksamkeit auf die Keule gerichtet zu haben schien. Sie gab ihrem Drang, sich auszusprechen, vollkommen nach und erzählte, wie der Jüngste schon als kleines Bürschchen ihr zur Erlustigung, wie ein Herrlein so fein, mit spitzen Lippen, einen Vers aufgesagt habe, der zu ihrer Jugendzeit alt und jung bekannt gewesen sei. Den habe sie dem Kinde beigebracht. Und nun begann sie, unbekümmert um das Schmoren und Zischen neben ihr, das die kleine Frau Häberlein mit ernstester Aufmerksamkeit erfüllte, den Vers mit einer wehmütig bewegten Stimme, die sie oft annahm, vorzutragen:

»Weint, ach weint, ihr lieben Närrchen,
Herr von Rosenrot ist tot;
Ach, er war ein süßes Herrchen –«

»Ei, so laßt das jetzt, Frau Thorspeck!« unterbrach sie Frau Häberlein, als Salome weiter fortfahren wollte. »Für dergleichen ist jetzt keine Zeit. Gebt mir die lange Zinnschüssel herunter, daß sie mir gleich parat steht.«

Salome tat, ohne sich über die Unterbrechung ihres Gefühlsausbruches gekränkt zu zeigen, was die Händlerin von ihr verlangte. Sie mochte vom Leben hart gewöhnt sein, und da sie bei jeder passenden und unpassenden Gelegenheit bei der Hand war, ihre Empfindungen zu äußern, so war es ihr nichts Neues, zurückgewiesen zu werden und unbeachtet zu bleiben. Sie hatte die glückliche Eigenschaft, die den Taktlosen eigen ist, die mit einer kindlichen Harmlosigkeit das in Empfang nehmen, was ihre Ungehörigkeiten ihnen eingebracht haben.

Die herzensgute, kluge Frau Häberlein hatte es bald durchschaut, wo die Freundin kurz gehalten werden mußte. Sie war eine sich selbst fast unbewußte, aber starke Feindin jedes Unzarten und jeder Zudringlichkeit und fühlte sich deshalb oft von dem Benehmen ihrer Mieterin nicht angenehm berührt. Doch in ihrer Güte und ihrem Verlangen, etwas zu finden, das die stille Sehnsucht nach Unbestimmtem in ihrem Herzen wohltuend beschwichtigen sollte, nahm sie solche Unannehmlichkeiten und Fehler an jemandem, dem sie ihr Herz geschenkt hatte, wie eine Erkrankung dieser Person hin und hatte alles Mitleiden.

So kam sie einmal herauf zu ihrer Mieterin in das Dachstübchen und fand diese, wie sie auf ein Blatt schrieb, das mit einer Schere dürftig gerade geschnitten war. »An wen schreiben Sie?« fragte das Frauchen schon beängstigt, als sie kaum die Tür hinter sich geschlossen hatte, da sie der Anblick der schreibenden Salome beunruhigte. Es war ihr, als sähe sie diese mit allem Fleiße an ihrem bösen Verhängnis arbeiten.

»Ich habe an die Kanzleirätin eine Antwort zu bringen.«

»Nun, weshalb bringt Ihr die nicht?«

»Es ist sicherer«, sagte Salome, »ich gebe sie ab.«

Die Kanzleirätin gehörte zu den Kunden der Schneiderin, und in dem Hause dieser Frau hatte sie so mancherlei erfahren, was ihr zu denken gab. Die Leute waren ihre vornehmsten Gönner, hatten gut zu leben, eine angenehme Stellung und waren doch alle Nasenlang vor Unannehmlichkeiten und allerlei Not nicht sicher. Salome in ihrer Klugheit und Welterfahrung schien in diesem Hause Übelstände klar wahrgenommen zu haben. Die Söhne waren ohne glückliche Begabung, machten von Kindheit an Sorgen, weil sie mit ihrem notwendigen Bildungsgange nicht zustande kommen konnten. Die Rätin steckte ununterbrochen in Geld- und Mägdenot. Der Rat war durch fast pflichtmäßige Angewöhnung den größten Teil des Tages übellaunig und versah unter seinen Angehörigen ein für alle ermüdendes, schwerfälliges Richteramt. Und außer all diesen fest eingenisteten Unzuträglichkeiten war ihnen in letzter Zeit noch eine Erbschaft entgangen, auf die sie hoffnungsvoll gerechnet. Das gab böse Zeit im Hause, die Salome vollkommen durchschaute. Sie hatte der Delikateßhändlerin alle ihre Beobachtungen mitgeteilt, und deshalb war es dieser aus gewissen Gründen gar nicht recht, daß Salome die Ausrichtung an diese Familie schriftlich verfaßte. Sie hatte ihr auch von einer Funzel, die bei Rats im Hause lebte, erzählt und gesagt, daß das ein prächtiges, junges Frauenzimmer sei, die der Frau Rat zur Hand gehe und bei den Kindern und in der Küche alles in aller Lustigkeit zustande brächte, und auch erzählt, daß diese Funzel einen anderen Namen führe, aber von allen Seiten Funzel und von den Kindern Funzelchen gerufen werde. Sie glaube, daß das rötliche Haar des Mädchens, das ihr bei jedem Windhauch um den Kopf flatterte, schuld daran sei, daß man sie Funzel rufe. Funzel nannte man in Sachsen ein kleines, offen brennendes Öllämpchen. Der Brief war gerade beendet bis zur Unterschrift, als Frau Anna eintrat, und gleich im Augenblick darauf mußte Salome in die kleine Küche springen, weil auf dem Herdfeuer ihre Abendsuppe kochte und für einen so schmalen, spärlichen Bissen einen ganz ungehörigen Lärm vollführte, zischte und wallte, weil Salome in ihrem Eifer sie über Gebühr auf dem Feuer gelassen hatte. Diese Zeit benutzte Anna und schaute in den Brief. Es war, wie sie befürchtete: Salome hatte ihrer Feder alle Freiheit gegönnt.

»Frau Rat!« so begann der Brief. »Nach unserer heutigen Rücksprache wegen zu ihnen zu kommen, wie Sie mir sagten, ginge es nicht gut mit dem zu mir schicken? Den kürzesten Weg schlage ich Ihnen vor durch einen Stadtpostbrief an mich. Diesen Betrag rechne ich Ihnen nach getaner Arbeit zurück. Gern! ganz gern komme ich rauf zu Ihnen und zur lieben Familie. Glauben Sie mir, Schickungen, die mir vielmal nicht gefielen, sind mir in meinem Leben, in meiner Ehe bekannt geworden, daß ich sagen kann: Mein Herz ist durchs Feuer der Trübsal geläutert, und weiß deshalb mich in jeder Menschen Lage zu schicken in Zufriedenheit. Jeder Tag steht Ihnen zu Dienst, Frau Rat.

Salome Thorspeck.

Die jetzige Zeit bis Oktober nennt man die Gurkenzeit. Die Sachlagen stehen säumig. Es gibt über der Arbeit keinen Rummel. Seien Sie alle in Achtung gegrüßt –«

Dies war Salomes Brief, und Frau Häberlein stand in einem verlegenen Staunen und blickte, nachdem sie ihn schon zu Ende gelesen, noch darauf hin. Er gefiel ihr nicht, und sie fühlte sich in der Seele der Freundin gekränkt. Sie konnte sich nicht in sie hineindenken, wie sie es anstellen möge, so an die vornehmen Leute zu schreiben, und empfand einen tiefen Schmerz, der ihr die Tränen in die Augen trieb, als ihr die Freundschaft mit ihrer Mieterin durch den Eindruck, den sie eben empfangen, mit einem Male so wenig schön und herzerquickend vor der Seele stand. Das ganze Leben zog in diesem Augenblick an der Frau vorüber, und von keinem Ereignis fühlte sie, daß es den Grund ihres Herzens berührt hätte. Sie atmete tief auf, denn das alte, dumpfe Haus, das Gewölbe mit seiner dick durchtränkten Luft, die Anhäufung öliger Fässer und Büchsen, die hunderterlei Gerüche, das unausgesetzte Berühren von Eßwaren, die sie ihr Lebtag hatte zwischen den Fingern herumzerren müssen, alle diese Bilder brachten ihr ein beängstigendes Gefühl, und nichts, was mit ihr zusammenhing, erschien ihr wünschenswert. Als Salome wieder aus ihrer kleinen Küche heraustrat, da blickte die Gute sie verschüchtert an, als sei die Eintretende für sie eine fremde, nicht ganz vertrauenerweckende Person, und sagte zu ihr: sie habe nur einmal nach ihr sehen wollen und müsse gleich wieder hinunter ins Gewölbe.

»Habt Ihr vielleicht etwas zu helfen?« fragte Salome. »Man hilft ja gern einander.« Ihre Manier war es, an die einfachste Antwort eine allgemeine Redensart zu knüpfen.

»Nein«, sagte das Frauchen, »heute nicht. Aber kommt nur ein bißchen herunter, wenn Ihr mögt.«

Als Frau Häberlein wieder hinter dem Ladentische stand, war es ihr nicht wohl zumute. Sie fühlte sich bedrückt, daß die Thorspeck den Brief geschrieben hatte, und daß ihr so quälende, böse Gefühle erweckt worden waren. Sie betrachtete Salome als eine Wohltat, die ihr zugebracht war und für die sie ungetrübt dankbar sein wollte. So wohl zufrieden sie mit Herrn Balduin sein konnte, so lebte in ihrem Herzen unaufhörlich ein sehnsuchtsvolles Gefühl, an das sie sich gewöhnt hatte, das sie durchs Leben begleitete, das sie oft so wenig bewußt empfand wie ihre eigenen Hände, bis es ihr einmal von außen her berührt wurde und sie in vollster Sehnsucht nach irgendeinem erreichbar oder unerreichbar heiterem Glück dastand. So hatte sie von ihrem Manne durch ein langes Leben hindurch hin und wieder kleine, sie erfreuende Dinge erbeten. Aber nicht leichthin, wie es dem Wert der Sache zukam, sondern mit Leidenschaft, die ausreichen würde, ein volles Lebensglück zu erbitten. So hatte sie um das Gärtchen gebeten, um einen hellen Anstrich der Ladenstube, um eine gelbscheckige Katze, die ihr eine Nachbarin zum Verkauf angeboten, um solch kleine Erfreulichkeiten, so auch um die Erlaubnis, mit Salome verkehren zu dürfen.

Jetzt lag es schwer auf ihr, als ihr durch den Sinn ging, daß sie jetzt im Augenblick es an sich kommen lassen würde, deren Gesellschaft so dringend, wie sie es getan, zu erwünschen. Dies Bewußtwerden brachte sie über ihre Mieterin in Ärger, besonders als sie bedachte, wie sie so innig den Wunsch hege, sich und Frau Salome zur Freude deren Jüngsten in das Geschäft zu nehmen. Ja, sie hatte schon so halb und halb die Gewißheit, daß Balduin nichts gegen ihren Vorschlag einwenden würde, denn zu Ostern sollte ein Lehrling in das Geschäft genommen werden, das hatten sie miteinander besprochen, und weshalb konnte es Leander Thorspeck nicht so gut wie jeder andere auch sein. So gingen ihr die Gedanken durch den

Kopf, während sie die Kunden bediente, und mochte es werden, wie es wolle, sie beschloß, da man ohne einen Wunsch so wenig wie ohne einen frischen Trunk leben kann, an dem Verlangen, Salomes Jüngsten bei sich unterzubringen, festzuhalten.

Und Frau Häberlein hatte sich nicht verrechnet. Als sie ihr Anliegen nach einiger Zeit vorbrachte, war Herr Häberlein anfangs nicht ganz einverstanden mit dem Vorschlag seiner Frau. Es war ihm nicht recht, daß die Mutter des Sohnes mit im Hause wohne, wegen des Getratsches, das dann nicht aufhören würde, von oben nach unten und von unten nach oben, aber er gab nach, weil sich gegen Salomes Jüngsten nicht viel sagen ließ. Er hatte gute Schulzeugnisse aufzuweisen, und sein jetziger Herr schien ganz erträglich zufrieden zu sein. Und besonders gab Herr Balduin deswegen nach, weil er einer ihm wohlbekannten Art seiner Frau zu bitten, nicht widerstehen konnte, und an einem Ostersonntag wurde Leander Thorspeck bei Häberleins erwartet.

Das Frauchen hatte einen hohen, guten Kuchen gebacken, ihr Damasttuch auf den Tisch gebreitet und Salome zum Kaffee eingeladen.

Herr Balduin betrachtete die Vorbereitungen zum Empfange des Lehrlings kopfschüttelnd. Das wird etwas Gutes werden, dachte er; sie wird ihn mir verwöhnen.

Während Anna und Salome erwartungsvoll im Ladenstübchen vor dem gedeckten Tisch saßen, stand Herr Balduin im Gewölbe und bediente die Kunden, denn die Ladenklingel erklang jede Minute.

»Der Tausend«, sagte Salome, »das geht ja!«

Und Anna erwiderte bescheiden, in behaglichem Sicherheitsgefühl: »Das ist so schlimm nicht, so geht es nicht in einem hin.«

»Na, na, na!« meinte Frau Salome. Da klang die Klingel wieder und man hörte Meister Häberlein mit erhobener Stimme sprechen.

»Jetzt ist er gekommen«, sagte Salome, »das ist Leander!« Sie stand auf, lugte durch das Fensterchen in der Tür. »Ja, das ist er«, sagte sie in mütterlicher Zärtlichkeit, »kommen Sie doch, Anna, und sehen Sie!«

Frau Häberlein stellte sich auf die Zehen und schaute auch; da sah sie einen lang aufgeschossenen, blonden Menschen mit einem Felleisen, das ihm an den hageren Schultern herabhing. Er trug eine Brille, die sich ganz eigentümlich auf seinem eckigen, rötlichen Gesicht ausnahm. Sein blondes Haar war straff aus der Stirn herausgekämmt und hing ihm starr und spärlich ein Stück hinter den Ohren vor. Aus den unzulänglichen Ärmeln seines braunen Rockes schauten ein paar breite, rote Hände, die an derben Gelenken saßen. Herr Balduin sprach mit Würde und Eifer auf ihn ein. »Hat er es mit den Augen zu tun?« fragte Anna, die nicht recht wußte, was sie über den neuen Lehrling sagen sollte.

»Ja. Seinerzeit bekam er eine Brille, und es hatte sich dadurch ganz gut mit ihm gemacht«, erwiderte Salome.

Jetzt führte Balduin den Lehrling in die Stube.

»Das ist der Lehrling«, wandte er sich an seine Frau, »und so Gott will, kommen wir miteinander aus.« Indem er dies sagte, blickte er mit einem unwillkürlich komischen Ausdruck des Mißtrauens auf den langen, haltlosen Gesellen, der neben ihm stand.

Salome hatte sich in übertriebener Bescheidenheit in eine Ecke des Zimmers zurückgezogen. Der Ankömmling muhte sie schon längst bemerkt haben, tat aber, als sähe er sie nicht, und blickte vor sich hin.

»Nun, nun«, rief Frau Anna ganz erregt, »sieht Er denn nicht?«

Da hob der lange Leander den Kopf und schaute direkt nach der Ecke hin, wo Salome süß lächelnd stand.

»Da steht ja die Frau Mutter!« sagte er mit einem Tone, der Erstaunen ausdrücken sollte, aber im Ausdruck verfehlt war und völlig nichtssagend klang. Er ging auf sie zu, sie auf ihn. Salome legte ihm die Hand auf die Schulter, blickte zu ihm gefühlvoll auf und sagte: »Lieber Sohn, wir sind unseren Wohltätern den größten Dank schuldig.«

»Ja«, erwiderte Leander mit gedrückter Stimme. »Wie geht es Euch, Mutter?«

»Recht gut, Leander; wenn man in so liebem Verkehr sieht wie ich und soviel Grund zur Dankbarkeit hat wie ich, da sollte es einem wohl nicht gut gehen?«

»Laßt das doch jetzt!« sagte Frau Häberlein, deren Herz vor innerster Erregung klopfte. Wäre das *mein* Sohn, dachte sie, und ich hätte ihn so lange nicht gesehen, wir wollten uns anders begrüßen. Du lieber Gott, wenn er noch übler aussähe, und da möchte doch dabei sein, wer da wollte, einen Kuß sollte er von mir haben, wie sonst auf der ganzen Welt ihm niemand einen geben könnte, dem armen, langen Geschöpf. Und indem sie das dachte, blickte sie unwillkürlich den steifen Leander unbeschreiblich liebevoll an.

»Kommt nun und setzt Euch zum Kaffee«, sagte sie. Herr Häberlein war schon wieder draußen im Gewölbe beschäftigt, und die kleine Frau bediente ihre Gäste, lugte inzwischen durch das Fensterchen, um zu sehen, wie es stände, ob ihr Balduin nicht bald zu seinem Nachmittagsschälchen käme. Öfters wandte sie sich in aller Liebenswürdigkeit an Leander, fragte, wie es bei seinem ersten Herrn mit der Tageseinteilung gehalten worden sei, mit dem Aufstehen, den Mahlzeiten, wann sie den Laden geschlossen, ob sie auch ihren Handel auf Südfrüchte und Käseware ausgedehnt hätten, und was er von den verschiedenen Aufbewahrungsmanieren der Käsesorten halte. Sie begann ihn eifrig nach ihrer Weise auszufragen, bekam aber äußerst zurückhaltende, kühle Antworten, wie sie jemand gibt, der einem unberufenen Frager Rede stehen muß, einem, der nichts von der Sache versteht.

Die kleine Frau blickte den Gesellen, der eben gehörig in den Kuchen einhieb, scharf und forschend an. »Hör Er«, sagte sie. »in dem Geschäft, aus dem Er kommt, scheint mir die Frau ihre Hände nicht mit darin gehabt zu haben, wie es sein sollte. Die hatte mit den Kindern und dem Hauswesen vielleicht viel zu schaffen. Bei uns aber geht es anders zu, und ich verlange jederzeit eine Antwort, wie sie sich auf meine Fragen gebührt. Das merk Er sich!«

»Ei, Frau Anna, was meint Ihr?« begann Salome. »An so etwas wird es der Leander nicht fehlen lassen, da müßte er mein Sohn nicht sein.«

»Nun, er möge es sich gesagt sein lassen«, erwiderte die kleine Frau gemessen und goß ihm von neuem Kaffee ein. Sie bemerkte, wie Salome ihrem Sohn, als sie sich nicht beobachtet fühlte, einen Rippenstoß versetzte, was den Anschein hatte, als wollte sie in ihm die Lebensgeister etwas in Umschwung setzen, so wie man eine Flasche umschüttelt, um deren Inhalt durcheinander zu bringen.

Frau Anna legte sich an diesem Abend nicht ganz leichten Herzens zur Ruhe. Sie hatte sich am Morgen hoffnungsvoll erhoben und einer Zeit entgegengesehen, wo unter ihrer Pflege und Sorge ein guter Junge stehen würde, für den sie alles gedeihlich und klug einrichten wollte und nach dessen Zuneigung und Vertrauen sie im voraus schon Verlangen trug. Jetzt stand ihr der lange, karge Leander vor der Seele, und ihre warmen Gefühle duckten sich zusammen wie Vögel bei unerwarteter Märzenkälte. Sie lag lange, ohne einschlafen zu können, bis sie wieder zu neuer Hoffnung kam und meinte:»Seine guten Seiten werd' ich schon finden. Es wird sich etwas aus ihm herauslocken lassen.«

Sie würde Geduld haben, das wußte sie. Wie hatte sie ihr Gärtchen gepflegt mit aller Ausdauer und war durch dessen Gedeihen belohnt! Sie war durch Erfahrung zu einer Reihe guter Gleichnisse gekommen, die ihr veranschaulichten, daß Mühe im Leben auf irgendeine Weise hoffnungsvoll sei. Und so gab sie es nicht auf, als Wochen schon ins Land gezogen waren und der Lehrling so gleichgültig und ungeweckt blieb wie am ersten Tage, ganz unverdrossen an eine künftige Wandlung im Wesen ihres Schützlings zu glauben.

Herr Balduin war Leanders wegen oft verdrossen, weil der lange Schlapps, wie er ihn nannte, voller Trägheit steckte und, weiß Gott, nicht wert war, in dem an liebevolle Hingabe gewöhnten Spezereigewölbe zu hantieren.»Nur allein, wie der Bursche eine Kiste öffnet«, sagte er voller Überdruß eines Abends zu seiner Frau,»ist nicht zum ansehen. Da nehm' ich ihm zehnmal lieber das Stemmeisen aus den Händen und mache die Sache selber, als daß ich dem Getrane zuschaue. Da haben wir uns etwas eingebrockt. Alte. Die Salome oben ist mir nachgerade auch unleidlich, und wenn es nur des Sohnes wegen wäre. In allen beiden steckt der Hochmutsteufel und guckt ihnen durch die Lumperei. Sie sind sich zu gut für das, was sie sind, verstehst du?«

»Ei ja, ich verstehe schon«, erwiderte die Frau,»aber ob es sich so verhält, das kann man nicht wissen. Denk doch, wie schwer Salome sich durchs Leben gebracht hat? man muß ihr immerhin alle Achtung geben.«

»Das kann sein; weshalb nicht«, unterbrach sie Herr Häberlein. »Du lieber Gott, was für erbärmliches Volk muß mit dem Leben fertig werden oder das Leben mit ihnen; das kommt auf eins heraus. Und wenn sie sich noch so verschroben anstellen; entweder gehen sie über ihren Torheiten zugrunde oder nicht, und da findet sich etwas für sie, da sorgt das Leben für sie. So ganz erstaunlich ist es nicht, daß sich die Gesellschaft oben durchgebracht hat, dickfellig wie sie sind. Wenn du einmal dazu kommen kannst, sieh zu, was Leander in seiner Dämelei für einen Schmöker in der Rocktasche mit sich herumträgt. Ich habe meinen Ärger darüber. Du hast es ja selbst bemerkt; wie einem zum Possen zieht er sein Büchelchen vor, sowie es im Augenblick nichts zu schaffen gibt, tut, als vertiefe er sich hinein und höre und sehe nichts mehr. Ein paarmal habe ich ihm die Komödie so hingehen lassen, wie ich es aber bei Gelegenheit endlich verbot, schaute er aus dem Buche auf mit einer so erhabenen Miene, als wollte er sagen: Was fällt dir ein, mich zu stören, schob das Buch nachlässig unter den Schürzenlatz und machte sich dann an die Arbeit, als täte er sie einem Dummen zuliebe.« Während Herr Balduin so sprach, redete er sich in Ärger hinein. »Ja«, fuhr er fort, »wenn der Bengel sich noch irgend etwas zuschulden kommen ließe, wenn er grob und ungehörig würde, dann könnte man ihn mit Fug und Recht loswerden; aber das ist er nicht. In seiner Maulfaulheit ist nichts Gutes und nichts Schlechtes aus ihm herauszubringen. Alles macht er mit den verfluchten Mienen ab, die man, um ihm die Freude zu versalzen, einen in Ärger gebracht zu haben, gar nicht bemerken darf. Aber das halte ein Mensch aus. Ich gäbe etwas darum, wenn er seine Sache schlecht machte; aber so abscheulich es aussieht, wenn er etwas angreift, er bringt es zustande wie ein Munterer und Behender. Im Traume aber kommt mir sein hochnäsiges, rotes Gesicht vor. Der Kerl ist imstande, mich Tag und Nacht in Ärger zu bringen.«

»Ja«, sagte Frau Häberlein seufzend, »ich hätte es mir anders gedacht.«

»Nun, wir müssen es aushalten«, fuhr er fort, »denn weder den Leander noch die Frau Salome wüßte ich bei etwas Unrechtem zu fassen. Was recht ist, muß recht bleiben. Aber, weiß Gott, der Bursche hätte Schreiber oder Schneider werden müssen, dazu hätte er eher getaugt. Einer, der sich mit der rechten Hand die Nase zuhält, wenn er mit der linken einen Hering aus der Lauge nimmt, der wird nie mit vollem Herzen in unserem Geschäft stehen.«

Anna fühlte sich bedrückt durch den täglichen Verdruß, dem Herr Balduin ausgesetzt wurde, und tief gekränkt, daß sie im gütigen Entgegenkommen an der Unliebenswürdigkeit des jungen Menschen abgeprallt war.

Sie hatten damals einen trüben, naßkalten Winter. Der Sommer und Herbst war der Delikateßhändlerin hingegangen, ohne daß sie recht von dem Reichtum, der aus der Erde gebrochen war, in ihrer engen Gasse etwas bemerkt hätte. Wenn sie am Fenster in dem Ladenstübchen gesessen, die sommerlich geputzten, sonnendurchwärmten Leute hatte vorüberziehen sehen, war es ihr oft enge ums Herz geworden bei der Vorstellung, daß die Glücklichen in aller Behaglichkeit hinaus auf die Dörfer zögen, daß sie an die Ilm gehen würden, nach Süßenborn, Tiefurt und Tröbsdorf stromauf- und -abwärts. Da zogen Bilder von schönen Flußufern, vollaubigen Bäumen, sich schlängelnden Wegen, auf denen muntere Leute gingen, an ihrer Seele vorüber. Herr Balduin war von jeher kein Freund von Fußwanderungen gewesen, und sie hatten ihren Sonntagsgang gewöhnlich nach nahegelegenen Anlagen gerichtet oder zur besonderen Feier in einem kleinen Stadtgarten jedes ein Schälchen Kaffee eingenommen. Das waren die Genüsse gewesen, die ihr der Sommer eingebracht hatte, und jetzt saß sie am Fenster, und der nasse Nebel zog durch die Straßen, ein leichter Schneeschauer sank hin und wieder feucht herab. Die Leute liefen verdrossen und eilig ihres Weges. Und so ging es wochenlang Tag für Tag. Kein Sonnenstrahl hatte über die hohen Dächer herübergelugt, und auf der Frau lag etwas schwer und freudlos, sie wußte nicht, was es eigentlich war. So ähnlich hatte sie wohl schon manchmal im Leben empfunden, nie aber so lange und ununterbrochen wie an jenen trüben, nassen Wintertagen. Es war ihr, als hätte sie an nichts mehr ihre Freude. Wenn sie in der Dämmerstunde saß und auf die Ladenklingel horchte, da zog wie mit schweren Flügeln ihr ganzes Leben an ihr vorüber, Jahr von Jahr, Tag von Tag unterscheidbar. Die Zeit, die Balduin und ihr einst stundenweis zugehörte, floß gleichmäßig in der Erinnerung wie ein träger Bach. Wohin? Weiter, immer weiter; nicht mehr allzulange. Wenn Anna mit ihren Empfindungen bis zu dieser letzten Betrachtung gekommen war, seufzte sie innerlich schwer auf und dachte: Für wen aller Fleiß? Für wen das bißchen Mühe? Ja, wenn wir Kinder hätten, da sähe die Sache anders aus, aber so? Wozu die Sparsamkeit? Weshalb freut sich der arme Balduin über den Jahresgewinn? Wir hätten ja genug und übergenug. Du mein Gott! Da sitzt man nun und sorgt sein Lebtag für Leckerbissen, die die Leute holen, wenn sie welche brauchen. Da hat man sich hundertmal miteinander gesehen und kennt sich doch nicht. Wer es ihnen gibt, ist ihnen gleich. Mitten unter Menschen steht man allein, und was man sein Lebtag zustande gebracht hat, weiß man selber nicht, und niemand dankt es einem.

Hätte die Delikateßhändlerin in solchen schwermütigen Stunden die wunderliche Vorrede, die einst der einfachen Geschichte ihres Lebens vorangehen würde, geahnt, wer weiß, ob sie diese nicht gern verstanden und ob sie nicht einen Trost für sich gefunden hätte, zu denken, wie sie beide, Herr Balduin und sie, mit ihrer täglichen Geschäftigkeit in das Bewegen des Weltlaufes tätig, unmerklich, doch mächtig eingegriffen hatten. Hätte sie einen tieferen Blick auf ihre Wirkung im Leben tun können, würde das sie in Erstaunen gesetzt und ihr wohlgetan haben; denn nutzlos war es nicht, was sie vollbrachten. Doch so nahe der Gedanke mit ihr jetzt hier verbunden steht und die beiden Alten uns zeigt, wie sie den Mächtigsten auf Erden zum kräftigen Dasein mit verhalfen, so wenig war er ihr selbst gegenwärtig. Solcherlei erdachter Trost lag ihr weitab. Sie saß in der Dämmerstunde am Fenster, alles um sie her erschien ihr trübselig. Was sie mit Herrn Balduin erreicht hatte, wollte ihr unnütz und zwecklos vorkommen. Draußen der graue Winter war öde und die Erinnerung an die Freuden im Sommer karg. Wie ruhig und zufrieden war sie doch oft unter denselben Zuständen gewesen, die ihr jetzt schwer zu ertragen schienen. Wenn sie nach ihrer Arbeit zur Ruhe kam, setzte sie sich nieder, legte die Hände ineinander und hatte das Gefühl, als wäre das Maß nun vollgelaufen, als müßte es jetzt dem Ende zugehen, und es wurde ihr wehmütig und ernst zumute. Sie fühlte sich nicht wohl. Was ihr fehlte, konnte sie selbst nicht sagen; sie kam leicht in Ärger und schien äußerst reizbar zu sein, was an ihr sonst nicht zu bemerken gewesen war. Auch Herr Balduin wußte nicht, was er von seiner Frau halten sollte, von dem durch ein ganzes Leben immer freundlichen und zierlichen Geschöpfe. Sie selbst grübelte nach, was der Grund ihres Übelbefindens wohl sein könne, und kam auf nichts. Unmöglich konnte doch Salomes Jüngster, der Leander, daran schuld sein. Lässig, gleichgültig und unschön bewegte der sich mit seinen langen Gliedern zwischen den beiden tätigen Alten, als legte er es darauf an, ihnen überdrüssig zu werden. Das aber durfte eine vernünftige Frau nicht um alle Fassung bringen. Doch seine Miene, die hochnäsige Miene, die er am Ladentische, bei der Arbeit und unaufhörlich aufsetzte, und die Zimperlichkeit, mit der er die Dinge angriff, und das überlegene Lächeln auf dem harten, roten Gesicht: dies immer und immer zu sehen, das könnte einen, dachte sie, um alle Güte und Liebe bringen. Leanders offenbare Mißachtung, mit der er die tägliche Beschäftigung betrieb, die das Leben der Delikateßhändlerin ausgefüllt, hatte für diese etwas unbeschreiblich Kränkendes und Erregendes. Nicht nur sein eigenes Hantieren schien er von oben herab zu behandeln, nein, ihr war es, als betrachte er gerade so hochnäsig und mißachtend, wie er alles tat, was ihn betraf, ihre und Herrn Balduins Arbeit: als schnitte er auf jeden Tag ihres Lebens ekelhafte, gleichgültige Gesichter. Eines Abends, als sie allein bei ihrem Talglicht im Ladenstübchen saß – Herr Balduin war ausgegangen, der Laden schon geschlossen, und Leander hockte oben bei Salome – da ließ sie so von ungefähr die Blicke in dem kleinen Raume schweifen, schaute sich dies an und jenes und dachte, wie ihr alles doch gar so wohl bekannt sei, und wie alles, was mit einem alt geworden, wert ist, und ehe sie es sich versah, war sie wieder in trübe Gedanken verfallen. Da erblickte sie in ihrer Grübelei etwas, das ihr vorher nicht aufgefallen, auf dem Stuhle am Ofen ein vergriffenes, verbogenes Büchelchen. Sie schaute dumpf darauf hin, bis sie es mit einem Male mit klarem Bewußtsein liegen sah und bemerkte, daß es Leanders Buch sei, in das der ärgerliche Mensch zu jeder möglichst ungelegenen Zeit die Nase hineinsteckte. Das hatte er liegen gelassen. Sie hob es flink und lebendig, wie in ihren guten Zeiten, voller Neugier auf und nahm es zur Hand, rückte das Licht zurecht und schlug es bedächtig auf. Indem sie dies tat, fuhr Überraschung und Ärger im Durcheinander über ihr Gesicht.»So ein Schweinigel«, fuhr sie entrüstet auf und starrte in das aufgeschlagene Buch. Dort lag vor den Augen des alten, zierlichen Weibes eine wohlbenagte Wurstschale als Buchzeichen zwischen den Seiten. Vor ihrer Seele stand ihr Schützling so lang und sparrig, wie er einherzugehen die Bestimmung hatte, und noch nie schien er ihr so in tiefster Seele fatal wie eben jetzt in seiner Abwesenheit. Sie stand auf, ging an das Fenster und schaute hinaus in die Dunkelheit.

Als sie wieder vor den Tisch trat, lag das Buch mit seinem widerwärtigen Zeichen aufgeschlagen ihr vor Augen. Die befleckten, ungeschonten Seiten waren ihr unangenehm und der Geruch der räucherigen Schale abscheulich. Sie faßte dieselbe mit den Fingerspitzen und entfernte sie. Dann putzte sie das Licht, das flackernd an dem verkohlten Docht in die Höhe brannte, damit es besser leuchte, nahm ihren Strickstrumpf zur Hand und schaute wie von ungefähr in das aus allen Fugen gegangene Buch, noch ohne zu lesen und in ärgerlicher Betrachtung über den häßlichen Eindruck, der auf ihr lag. Endlich aber rückte sie sich das Licht noch etwas näher, nahm die Stricknadel, glättete die aufgeschlagene Seite und begann zaghaft in ihrer Gewohnheit zu lesen.

Es war ein ihr unbekanntes, weit gekanntes Lied. Und sie begann:

Füllest wieder Busch und Tal
Still mit Nebelglanz,
Lösest endlich auch einmal
Meine Seele ganz.

Da las sie und weiter, eine Zeile, einen Vers nach dem anderen, und dem kleinen, bedrückten Weibe war es, als wüchsen ihrer Seele Flügel; ihre Augen füllten sich mit Tränen, sie empfand Unaussprechliches. Jetzt die Zeilen:

Rausche, Fluß, das Tal entlang
Ohne Rast und Ruh;
Rausche, flüstre meinem Sang
Melodien zu.

Da umgab ihr Empfinden frische, wonnevolle Dämmerung, die sich wie ein Wunder um sie her verbreitete, die Raum zu weitester Sehnsucht gab. Rauschender Fluß, sanfter Gesang, im Monde schimmernde Blüten, im Monde schimmerndes, feuchtes Wellen-bewegen, in das Unendliche hinein unbegrenzte Frische, dann faß-bare, glaubhafte Bilder und Gefühle; eine Sehnsucht, aus dem engen Stübchen der winterlich dunkelfeuchten Straße hinaus in schmei-chelndsten Frühling zu fliehen und Gedanken, denen das Gewohn-te fremd ist.

Ungedacht bewegte sich solches um die Frau wie wunderbarste Luft aus ferner Welt. Sie lehnte sich in ihrem Stuhl zurück und at-mete tief auf, blickte in das dumpf brennende Licht und atmete immer freier, als zöge an ihr ein reiner, lebendiger Strom vorüber. So saß sie in tiefster Stille, nichts störte ihre weihevolle Stunde, und sie genoß das Schöne, das ihr zugekommen, wie einen ruhigen Schlaf, und das hatte die alte Exzellenz gedichtet. – Der Goethe – ihr bester Kunde. Sie zahlten freilich die Rechnungen nicht besonders regelmäßig, wie vornehme Leute das an sich haben. – Aber wer hätte das gedacht! – So etwas Wundervolles konnte dieser Mann sagen!

Die braven Bürger Weimars wußten damals so wenig von ihm, wie sie heutzutage von ihm wissen.

Das Weibchen erwachte erst wieder aus ihrer Seligkeit, als die Tür sich öffnete und Leander hereintrat, um, wie es zu seinen Hauspflichten gehörte, gute Nacht zu sagen, ehe er schlafen ging. Der sah auf den ersten Blick sein Buch vor der Meisterin liegen und griff danach, um es an sich zu nehmen.

Da fühlte sich die Frau gekränkt und roh aus ihren Empfindun-gen gerissen.

»Ich habe Eurem Buche keinen Schaden getan«, sagte sie anzüg-lich und fuhr weich fort:»Ich bitte Euch, haltet es besser. Mit einem Buche so abscheulich umzugehen, ist eine Sünde und Schande, merk Er sich das! Wie kann Er darin lesen und solch ein Rüpel sein!«

Leander schien nicht die Absicht zu haben, etwas zu erwidern, und wollte eben wieder in seiner verstockten Weise mit dem Buche stumm zur Tür hinausgehen; da rief ihn die Delikateßhändlerin, die gar zu gern ein Wort, was ihn ihr näher brächte, gehört hätte, zu-rück.

»Zeig Er das Buch noch einmal!«

Leander gab es mißlaunig hin und sagte:»Die Frau hat es ja gesehen.«

Sie schüttelte in Gedanken versunken den Kopf, nahm das Buch wieder zur Hand und blätterte darin. Es war ein Taschenalmanach, mit bunten Kupfern ausgestattet, und die verschiedensten Dinge wurden in dem Büchlein behandelt. Da stand etwas über Heilquellen und über die Karlsbader Heilquellen insbesondere, etwas über die Mode, die das Jahr, in dem der Kalender erschien, beherrschte, ein kleiner Roman und Gedichte aller Art.

»Woher habt Ihr das Buch?« fragte die Frau.

»Ich hab' mehr solche«, erwiderte er kurz;»sie gehören meiner Alten.«

»Da ist Ihm ein Gedicht wohl ganz besonders wert darin?« fragte sie wieder und lächelte etwas.

»Das nicht«, erwiderte er.

Die Delikateßhändlerin blickte ihn forschend an. Seine blöden Augen aber schauten über sie hinweg und verrieten seine Unbeholfenheit und sein verschlossenes Wesen. Er mochte zu den Leuten gehören, denen kein tieferes Gefühl sich zu Worten gestalten kann, die vielleicht warmherzig empfinden, sich vielleicht auch gern mitteilen würden, aber es durch allerlei Unvollkommenheiten ihrer Anlagen durchaus nicht können, und die als unliebenswürdige Unempfindsame durch das Leben gehen müssen. Vielleicht gehörte Salomes Jüngster zu dieser Art von Geschöpfen und hatte wirklich im Eifer seiner Andacht und Begeisterung das wunderlichste Zeichen, das je ein Mensch gewählt hat, zwischen die Blätter gelegt, welche ihm besonders erfreulich gewesen waren.

Der guten, kleinen Frau aber, die erwartungsvoll zu ihm aufblickte, verriet er nichts von solchen Gefühlen und ließ sie vollkommen im Zweifel über deren Vorhandensein, drehte ihr, nachdem er ihr noch eine Weile gegenübergestanden hatte, mürrisch den Rücken, murmelte noch einmal sein pflichtmäßiges»Gute Nacht!« und ging nach der Tür.

»Da, nehm Er sein Buch mit«, sagte die Frau, reichte es ihm und schaute noch wie in Gedanken verloren auf den Platz, wo er gestanden hatte, als er schon längst die Stiege zu seiner Kammer hinaufgetappt war. Ihre gute Seele wußte nicht recht, was sie mit der schönen Erfahrung, die über sie gekommen war, als sie das erhöhte Leben empfunden, das aus dem Liede heraus über sie strömte, beginnen sollte. Sie versank in tiefste Wehmut, alles um sie her erschien ihr von neuem unvollkommen und wenig schön, alles bedrückte sie. Ganz von ihr entfernt leuchtete unbekanntes Licht, und sie saß in trüber, dumpfer Dämmerung. Es mag wohl gut sein, zu sterben. Was soll man so lange hier? dachte sie und schaute noch immer unverwandt vor sich hin.

So saß sie noch, als Herr Balduin von seinen alten Freunden zurückkam, mit denen er sich hin und wieder in einer kleinen Weinstube traf. Als er in das Zimmer zu seiner Frau trat, die ihn nicht hatte kommen hören und bei seinem Eintreten wie eben erwacht aufschaute, legte er, als er guten Abend sagte, seine Mütze hastig, wie es sonst nie seine Art war, auf den Tisch, so daß Anna ganz erstaunt aufsah. Seinen Überrock zog er nicht aus, knöpfte ihn aber weit auf und ging so mit schnellen Schritten im Zimmer auf und nieder.

»Um's Himmels willen, was ist dir, Balduin?« fragte die Frau und erhob sich von ihrem Stuhl. »Was fehlt dir?«

»Mir?« fragte er. »Was meinst du, wenn wir aus unserem Laden, aus unserm Haus heraus müßten; wie wär' denn das?«

»Davon kann die Rede nicht sein. Da ist ja keine Gefahr.«

»So«, fuhr er erregt auf, »es ist aber ganz zufällig Gefahr da!«

»Wieso denn?« fragte Anna, der plötzlich der Gedanke aufstieg, Herr Balduin könnte wohl ein Gläschen zuviel getrunken haben, und fügte sanft und gütig hinzu: »Beruhige dich, Balduin; soll ich dir eine Tasse Tee bringen?«

»Hör einmal, Frau«, sagte er trocken, stellte sich vor sie hin und faßte ihre beiden Hände. »Es ist mein voller Ernst und wird so kommen, daß wir aus dem Hause müssen.«

»Red doch nicht, Balduin«, unterbrach ihn die Frau unsicher und geängstigt. »Was fällt dir denn ein?«

»Mir ist es nicht eingefallen«, erwiderte er erregt und ging wieder heftig auf und nieder; »sie wollen eine neue Straße brechen, Gott weiß weshalb. Über die verfluchte Verschönerungssucht! Eine gerade Verbindung mit dem Marktplatze finden sie für gut. Sie wollen mehr Luft in der Gasse haben, was weiß ich. Da müssen unsere Häuser daran glauben, Schwendlers und meines. Und Schwendler wird sich nicht lange besinnen, das kannst du dir vorstellen, die alte Bude los zu werden. Für die Leute ist es das reinste Glück, die werden eine Summe bar in die Hand bekommen, wie sie es sich nicht träumen konnten, und sind die Not mit dem wackeligen Ding von Haus mit einem Male los, denn an Verkauf wäre anders nie zu denken gewesen.«

»Ja, du lieber Gott!« rief Frau Anna und setzte sich ganz verworren wieder auf den Stuhl.

»Mit uns steht es schlimmer. Ich dachte nicht anders, als meine Augen hier in Frieden zu schließen. Das Haus ist auch noch imstand und hätte es noch lange mitgemacht.« Indem er das sagte, lehnte er mit dem Rücken an dem Kachelofen und blickte wehmütig vor sich hin. Die Frau aber saß ganz in sich zusammengedrückt auf ihrem Stuhl, und er fuhr bedächtig fort: »Die Bedingungen sind vorteilhaft. Wir fahren dabei nicht schlecht.«

»Ja, woher weißt du es denn?« seufzte sie.

»Vom Sekretär Gobe, der kam extra heute mit in die Weinstube, um die Sache mit Schwendler und mir zu besprechen. Der Rat hat ihn jedenfalls geschickt, daß er etwas über die Angelegenheit mit unserem Nachbar und mir hören sollte; nun, und wie es geht, da gab ein Wort das andere.«

»Ich weiß gar nicht«, unterbrach sie ihn, »wie du nur so reden kannst, als ob es geschehen würde.« »Und es wird geschehen, da kannst du dich, darauf verlassen!« fuhr Herr Balduin heftig auf. »Auf dem Stadtplan, da geht der rote Strich schon durch die Häuser. Nichts ist zu machen. Morgen sind wir zum Stadtrat bestellt, dann wird es sich herausstellen.«

»Hast du den Plan auch schon gesehen?« fragte sie angstvoll.

»Noch nicht. Erst morgen, aber –«

Jetzt sprang sie auf, trat zu ihm und sagte mit tief erregter Stimme:»Nein, nun sprich, ob es wahr ist!«

»Du hörst es ja«, erwiderte er ungeduldig.

Da ließ sie die Arme herabsinken, schaute wie hilflos vor sich hin und konnte zu keinem Worte mehr kommen. Auch Herr Balduin stand regungslos an den Ofen gelehnt. Die Uhr tickte auf und nieder, und der Regen schlug an die Scheiben.

»Na, Alte, so schlimm ist es ja nicht«, begann Balduin nach langem Schweigen wieder.»Da denk doch nur, wie andere bald da, bald dort ihr Lebtag wohnen müssen, und wir haben hier die ganze, liebe Zeit gesessen; nun kommt es auch einmal an uns. Und für uns wird sich auch ein anderes Fleckchen finden und ein besseres. Dir gönne ich's, daß du zu etwas Gutem kommst.«

»Laß das!« erwiderte sie matt und ging an das Fenster, um hinauszusehen. Über ihr bewegliches Gemüt kam heute abend allzuviel. Sie glaubte, daß sie träume, und kam deshalb nur zu einem dumpfen Staunen über etwas Unerhörtes, das mitten in der ununterbrochenen Gleichgültigkeit sie selbst angehe. Es war ihr noch nicht bis zum eigensten Bewußtsein gekommen, daß es sich darum handele, das alte Ladenstübchen auf immer zu verlassen. Wäre ihr das klar geworden, so hätte sich in ihr ein Erschrecken geregt, ähnlich dem plötzlichen Gewahrwerden, daß der Tod nicht nur ein wohlbekanntes Wort und ein vertrauter Begriff ist, sondern, wenn er nahe tritt, ein ungeahnt fremdes Entsetzen. Und für sie war ja der Tod ein Verschwinden aus dem vertrauten, einzig bekannten Raume in ein undenkbares Unbestimmtes hinein. Ähnlich schien für sie ein neues, irdisches Leben unter veränderten Verhältnissen zu sein.

Wie betäubt besorgte sie vor dem Schlafengehen noch alle ihre kleinen Obliegenheiten, nahm die Asche aus dem Ofen, ging in die Küche und füllte ihr Wasserkesselchen, stellte es an seinen altgewohnten Platz, daß am Morgen alles zum Kaffeekochen parat stände, hob gedankenlos vom Boden ein Endchen Bindfaden, ein Krümchen auf, wischte den Tisch mit ihrer Schürze blank, rückte die Stühle zurecht und tat alles mit einem eigentümlichen Ausdruck im

Gesicht. Herr Balduin sah ihr unverwandt zu und schüttelte den Kopf.

»Was machst du denn noch, Anna?« fragte er. »Geh lieber zu Bette.«

»Ja, ja!« sagte sie und setzte sich nieder.

Da trat Herr Häberlein auf sie zu, legte ihr die Hand auf die Schulter und sagte: »Laß dir es nicht so sehr zu Herzen gehen, Alte. Mir wird's, weiß Gott, auch nicht leicht werden; aber wir sind doch unser Lebtag gut weggekommen gegen andere, da muß es nun einmal hereinbrechen. Komm, sei ruhig.«

Die Delikaleßhändlerin war ruhig, ihm viel zu ruhig. Er hatte sich die Wirkung seiner Botschaft anders vorgestellt und stand der Frau nun betroffen gegenüber, wollte ihr etwas zum Troste sagen, fand aber nichts und stützte die Hand auf die Lehne des Stuhles, auf dem sie saß, und beide schwiegen abermals. Endlich stand die Frau auf, knüpfte ihr Halstüchelchen ab und hing es, wie sie es jeden Abend zu tun pflegte, an den Schlüssel eines Wandschrankes, der neben der tiefnischigen Tür eingelassen war. Indem sie das tat, blickte sie schmerzlich auf ihren Mann und sagte: »Den alten Schrank, werden sie mir den auch mit einreißen? Das hatte ich nie gedacht. So Abend für Abend hängt mein Tuch an dem Schlüssel.« Sie schüttelte den Kopf. »Weißt du, wie ich bei unserem ersten Mittagessen einen Blumenstrauß da herausholte und ihn auf den Tisch stellte und du lachtest? Den hatte ich von der Madame Kirsten damals bekommen. Die ist nun auch schon lange tot«, fügte sie gelassen hinzu: »so geht es!« – Da traten ihr die Tränen in die Augen und liefen ihr über die Wangen; sachte griff sie nach ihrem Schürzenzipfel und ging ganz gebeugt durch die Kammertür.

Das geht ihr nahe, dachte Herr Balduin, da trägt unsereins es anders, wenn denn etwas einmal so sein soll.

Als die Frau schlaflos die Nacht in ihrem Bette lag, kam ihr nicht der Gedanke, daß ihrem sehnsuchtsvollen Herzen jetzt vielleicht eine Pforte geöffnet werden sollte. Angstvoll und schwer lag die neue Erfahrung auf ihr, jede Hoffnung ertötend, das einzige Zukünftige, was sie vor sich sah: hoch aufwirbelnder Staub, öde Fenster, verworrenes Dröhnen, Stürzen, Sinken, ihres Wohlbekanntesten Vernichtung. Mit Entsetzen sah sie eine glatte Straße da, wo vor kurzem noch ihr festes, dunkelwinkeliges Nest stand, und fühlte ungehindert über den dumpfig eingeengten Platz, auf dem der Fliederstrauch stand, frische Luft streichen und Sonnenlicht wogen. Dem Strauche aber kam das nicht zugute; als sie die Mauern fallen sah, rissen sie ihm die lieben Wurzeln und Würzelchen aus dem Grund, und er lag im Staub zwischen Trümmern. – Das war eine böse Nacht, die sie beide durchmachen mußten: denn Herrn Häberlein wollte der Schlaf auch nicht kommen.

Am anderen Morgen, als sie wortkarg beieinander über ihrem Kaffee saßen, begann Herr Balduin nach längerem Schweigen mit würdiger Miene:»Wenn alles wird, wie ich mir denke, stehen wir mit einer hübschen Hand voll Geld da und können in aller Behaglichkeit zusehen, wo sich für uns etwas auftun will. So gut wie einer könnte ich jetzt einen Laden im besten Stadtviertel übernehmen. Wir dürften schon daran denken, es uns hin und wieder bequemer zu machen. Du solltest Hilfe haben und nur gerade soviel tun, als es dir recht und angenehm wäre.«

»Das laß doch jetzt«, unterbrach ihn die Frau abwehrend und schaute traurig in ihre Tasse. »Du lieber Gott, nun soll man alles wieder neu beginnen!« Da stützte sie den Arm auf und ließ ihren Tränen freien Lauf.

Herr Balduin sah sie kopfschüttelnd an. »Nimm doch Vernunft an, Frau. Wir können uns doch nicht so ohne Weiteres begraben lassen, wenn die alte Bude aus den Fugen geht, und außerdem ist das Geld, das wir durch den Verkauf haben, wahrhaftig nicht zu verachten. Ich hätte nicht geglaubt, daß das Ding so viel wert ist; einfach deshalb nicht, weil ich nie darüber mir so recht klar geworden bin. Diese Einnahme zu unserem Kapital geschlagen, gibt eine anständige Summe. Mit der würde ein anderer sich irgendwo zur Ruhe setzen und den Herrn spielen, darauf verlaß dich.«

»Ja, das möchte man, zur Ruhe kommen«, sagte die Frau wehmütig vor sich hin.

Da stand Herr Balduin auf und ging bedächtig im Zimmer auf und nieder, schaute hin und wieder auf die Frau, die ganz versunken in sich dasaß und auf nichts als auf ihre wehmutsvollen Gedanken achtete.

Als nach diesem Morgen Wochen hingegangen waren und sich der Verkauf des Häuschens für die Leutchen äußerst günstig gestaltet hatte und beide trotzdem dem bestimmt kommenden Tage, wo sie es verlassen mußten, sorgenvoll und ängstlich entgegensahen, da standen sie gegen Abend miteinander im Gewölbe. Die Frau zündete eben die Lampe an und fuhr dann mit einem Tuche über den Tisch, polierte die Büchsen blank, die darauf standen, und richtete alles, was sich im Laufe des Tages verschoben hatte, gefällig zurecht. Sie hielten das Lädchen wie immer äußerst liebevoll, aber jetzt wehmütig in Ordnung und erwiesen ihm mit schwerem Herzen die letzten Ehren. Wie sie so schweigsam, aber einander durch ihre Gedanken nahe verbunden, jedes sich ruhig behende etwas zu schaffen machten, tat sich die Ladentür auf und herein trat Salome, wie es schien, sehr erregt. Sie war seit der Nachricht, daß sie aus ihrem behaglichen Unterschlupf unter Häberleins Dache wieder vertrieben werden sollte, so unruhig wie ein Zugvogel, wenn der Herbstwind sich einstellt. Das arme Weib hatte sein Lebtag schon in einer guten Zahl verschiedener Kammern und Stübchen gesteckt, von Not und Hilflosigkeit war es aus einem ins andre getrieben worden. Die Delikateßhändlerin aber ließ es sich recht angelegen sein, für die gute Freundin ein neues Unterkommen zu finden, ehe sie daran dachte, wo sie und Herr Häberlein die alten Tage beschließen würden. Das wußte Salome, auch daß sie sich umtaten, Leander in ein anderes Geschäft zu bringen, da Häberleins selbst noch nicht wußten, was sie beginnen würden, und den Burschen nicht ins Unbestimmte hinein halten konnten. Sie fühlte sich deshalb soweit ganz gut versorgt und hatte nur die Unruhe in den Gliedern und machte der kleinen Frau bei jeder Gelegenheit das Herz schwer, so daß diese einen wahren Schreck bekam, wenn Salome bei ihr eintrat.

So auch jetzt. Sie blickte von ihrer Arbeit auf und fragte zaghaft: »Nun, was gibt es?«»Was es gibt?« erwiderte sie.»Wer weiß? Hat Herr Häberlein jetzt Zeit?« wandte sich die rüstige Schneiderin an den Händler, der von ihr nicht Notiz genommen hatte und unter seinen Büchsen und Kistchen wirtschaftete. Er blickte, für sie wenig ermutigend, einen Augenblick zu ihr hin, aber Salome verstand, daß er bereit sei.»Ich komme von Rats«, sagte sie eifrig,»und wollte nur sagen, daß ich etwas erfahren habe.«

»Was denn?« fragte Häberlein.

»Ich sprach mit Jungfer Funzelchen«, fuhr sie erklärend fort.

»Mit wem?« fragte Herr Balduin unwillig.

»Ich weiß schon«, unterbrach die Frau,»mit der Jungfer, die bei Rats in Diensten steht. Ich hätte das Mädchen gern einmal zu sehen bekommen, denn Salome macht einen Erhebs von ihr, was für eine tüchtige und artige Person das sei.«

»Ja, und da ist nichts Unwahres daran«, fuhr Salome fort:»da könnte man suchen, ehe man so etwas fände.«

»Was soll's mit der?« fragte Balduin.

»Ja, wie ich heute bei Rats sitze und Jungfer Funzel gerade den Kaffeetisch für die Kinder und uns deckt, kommen wir doch, wie es sich so macht, auf Herrn und Frau Häberlein zu reden. Ich habe ihr schon oft herzlichst all die Güte und Liebe, die ich bei Häberleins erfahren, mitgeteilt.«

»Laß Sie das!« unterbrach sie Herr Balduin.

»Ich wollte nur sagen«, nahm Salome den Faden wieder auf, ohne sich irre machen zu lassen, »Die Jungfer weiß, was ich hier erfahren habe, und Ihr steht bei ihr im besten Renommee. Und weil wir so ins Reden gekommen sind, mit einem Mal geht es ihr doch wie die liebe Sonne übers Gesicht, und sie fährt sich so mit den Fingern durch die Flatterlöckchen. Ich sehe sie mir an und denke: Was hat die? Da sagt sie: Hört, Eure Leute sollten sich doch das hübsche Häuschen in Jena, das unserem gerade gegenüberliegt und schon seit vorigem Sommer auf Verkauf steht, ansehen; wer weiß, ob es ihnen nicht gefiele, und ich glaube, der Kauf wäre auch vorteilhaft. Seht‹, sagte sie, ›wenn ich mir denke, ich käme einmal zu Geld, da könnte ich mir nichts Schöneres vorstellen, als dort an dem Ufer zu wohnen, und der Garten am Haus und unten der Fluß.‹ Da schaute die Jungfer ganz wehmütig vor sich hin.› Und Eure Leute haben das Geld und könnten sich solches Glück kaufen und tun es am Ende nichts.‹ Sie lächelte, als sie das sagte, und wie ich wieder hinschau, stehen ihr die Augen voll Tränen. ›Nun, Jungfer‹, sag' ich, ›was gibt es denn? Ich dächte gar, das Weinen laßt doch anderen, das paßt sich ja für Euch nicht.‹ – »Frau Salome«, antwortete sie mir darauf, ›das ist für jedermann, und es ist gut, daß es so ist; denn allein durch Sonnenschein wächst nichts, es will seinen Regen haben.‹ Gerade kamen da die Kinder herein, und nun gab es zu tun, denn so kleines Volk ist nicht satt zu machen. Aber jetzt hättet Ihr sie sehen sollen in ihrer Munterkeit. Ich wollte es selber nicht glauben, daß ihr den Augenblick vorher die Tränen nur so die Wangen herabgelaufen waren. Sie trieb ihren Scherz mit der Gesellschaft und hielt sie hübsch in Zucht, daß es eine Freude zu sehen war. Dem kleinsten Mädel von Rats«, fuhr Salome fort, »spielte ein Bruder übel mit und nahm ihr das Brot weg, als sie es eben einschieben wollte. Da gab es Jammer, die Kleine rutschte von ihrem Stuhl und versteckte ihr Gesicht in Funzels Rockfalten, ›Ja, Schreiliese‹, sagte da die Jungfer und mit einem so guten Tone, daß es mir ganz weich ums Herz wurde, ›wer wird sich gleich so anstellen? Komm, sei still‹. Sie nahm das Kind in die Höhe und setzte es wieder auf seinem Stuhl zurecht, und es dauerte nicht lange, da lachte es. Darauf wandte sie sich zu mir und sagte: ›Sehet, Frau Salome, so weint man in seiner Dummheit das Leben lang. Wenn Ihr heute heimkommt‹, fuhr sie fort, vergeßt doch nicht, zur Frau Häberlein zu gehen, und sagt es mit dem Haus. Ich dächte, wenn die in ihrem dumpfen Löchelchen, in dem sie immer gesessen haben, von so etwas hören, müßten sie sich vor Sehnsucht kaum lassen können. Sagt auch, daß in dem Garten hinter dem Haus die besten Obstsorten stehen. Sie sollen sich nur bei Rats erkundigen, die wissen Bescheid.‹ »Und so bin ich denn gleich hierhergelaufen«, sagte Salome, »um ja nichts zu versäumen.«

Die kleine Frau war Salomes Redeschwall andächtig gefolgt. Sie hatte schon oft an den Erzählungen von der Jungfer Funzel ihre Freude gehabt und hätte das Mädchen gar zu gern kennengelernt. Es war ihr ein angenehmer Gedanke, daß die für sie Fremde so liebevoll ihrer gedachte, und wie ein Stern hob sich mit einemmal eine wunderbare Hoffnung in ihrer Seele. Nie hatte sie bis jetzt an so etwas für sich zu denken gewagt. Das Herz klopfte, und ihr war zumute wie einem Kinde um Weihnachten. Salome und Herr Balduin sprachen noch eine Weile miteinander, aber die Frau setzte sich auf die Stufe, die zur Ladentür hinaufführte, hörte und sah nichts weiter, als was in ihr selbst vorging. Und als die Tür klang und eine Kundin eintrat, erhob sie sich und ging sachte hinauf in die Ladenstube; dort setzte sie sich an ihren alten Platz am Fenster, legte die Hände auf den Knien übereinander und schloß die Augen. Da war es ihr, als sei es wieder derselbe Abend, an dem sie in Leanders Buch das Lied gelesen, das ihr das ganze Wesen bewegt hatte. Fast unbewußt flüsterte sie mit tiefer Innigkeit vor sich hin: »Rausche, rausche, lieber Fluß!« lehnte den Kopf zurück und flüsterte es noch einmal. Das waren die einzigen Worte, die ihr haften geblieben waren, aber der ganze Zauber, den sie damals empfunden, wogte wieder um sie her, nur lebendiger, noch schöner und faßbarer. Und als sie sich bewußt wurde, was sie so innig empfand, waren es die ersten Schimmer einer heiteren, sonnigen und freien Zukunft.

Während die Frau in sanfter Schwärmerei halb träumte, halb wachte, ging Herr Balduin im Laden auf und nieder, knöpfte den Rock sich würdevoll von oben bis unten fest zu und sagte zu Salome, die sich noch immer erwartungsvoll in seiner Nähe aufhielt:»Es wird zu überlegen sein, Frau Thorspeck. Leute in unserer Stellung könnten sich schon ein sorgenfreies Alter gönnen, weshalb nicht. Soweit sind ja die Mittel da.«

»Das bezweifle ich nicht, Herr Häberlein; überlegt es noch«, erwiderte die Mieterin süßlich und schickte sich an zu gehen.

Herr Balduin aber bemerkte kaum ihr Verschwinden, so warf er sich in die Brust und ließ sich das Gefühl, ein wohlbestallter Mann zu sein, der unter seiner Lebensrechnung einen Strich machen könne, um darunter zu setzen:»Gewonnen«! etwas zu Kopfe steigen. Er fühlte sich aufs äußerste friedlich und unabhängig und rieb sich vergnügt die Hände. Als er in die Ladenstube trat und seine Frau so andachtsvoll sitzen sah, lachte er und sagte:»Dazu werde ich wohl nicht kommen, eine vernünftige Alte zu haben; so wie sie mit zwanzig war, so ist sie mir geblieben. Nun sage mir, was denkst du jetzt?«Er klopfte ihr im Gefühl seines Wertes auf die Schulter und sah sie voller Güte und Freundlichkeit an.»Was meinst du denn, wenn ich morgen zu Rats ginge und mich erkundigte, und daß wir dann die Sache so langsam weiter betrachteten.«

»Ach«, erwiderte die Frau unter Tränen,»solches Glück kann unmöglich für uns sein.«

»Weshalb nicht?«fragte Herr Balduin;»so gut wie für andere auch für uns. Es ist ja noch kein Schritt weiter getan, wenn ich mich morgen über dieses und jenes unterrichte. So einen Plan habe ich schon mit mir herumgetragen.« Er nickte bedächtig vor sich hin, rieb mit der Hand ein paarmal über die Tischfläche und sagte:»Ja, ja, Alte, so geht es!«

Als der Abend noch weiter vorrückte, saßen die beiden Leute bei einem Fläschchen Wein sich gegenüber, das Herr Balduin im Drange der Gefühle aus dem Keller geholt hatte, und sie tranken sich bedächtig zu und besprachen die Zukunft. Wehmut und Hoffnung bewegten die Seele der kleinen Frau so mächtig, daß sie alle Augenblicke mitten im besten Bereden mit dem Schürzenzipfel über die Augen fahren mußte und nicht weiter sprechen konnte. Das war an einem vierten Februar, als die beiden so beieinander saßen und Zukünftiges dämmernd über ihnen lag.

Anfang Mai stand vor Häberleins Laden ein mächtiger Möbelwagen; da gab es in dem Hause ein Hin und Her, eine Unruhe in öden Räumen. Das Gewölbe war leer. Herr Balduin hatte alle die Apfelsinen, Zitronen, seinen Kalmus, Pfeffer, Räucherwerk, seine Nüsse und seinen Ingwer an einen Abnehmer soweit vorteilhaft verkauft, und was ihm noch davon übriggeblieben war, hatte er für sich selbst behalten. Da wurde in den Tagen altjähriger Staub aufgerührt vom Keller bis zum Boden, kein Nagel blieb unbetrachtet, kein Gerümpel unbemerkt. Man erstaunte über das, was sich angesammelt hatte und was man, ohne es zu wissen, besaß. Es waren böse Zeiten, die das alte Haus zu seinem Untergange vorbereiteten.

Frau Häberlein schaffte in dumpfem Eifer unten und oben. Manchmal drückte sie Schmerz und Grauen, wenn sie daran dachte, was sie seit Tagen mit größter Hingebung tat, schwer auf das Herz und ließ sie mit klaren Augen sehen, wie sie selbst Hand anlegte, mit aller Kraft ihr wohlgepflegtes Teuerstes zu zerstören. Dann wieder, wenn sie in ihrer Hast und Regsamkeit einmal aufschaute und die warme Maisonne durch trübe Fensterscheiben in den aufgewirbelten Staub scheinen und flimmern sah, da zog es wie Sehnsucht und Ungeduld in sie ein, und der Wirrwarr um sie her, in dem sie steckte, und die dumpfen, dunklen Ecken und das Enge, nie Durchfrischte, das ihr Leben lang sie umgeben hatte, lastete schwer und erstickend auf ihr. Es waren die härtesten Tage ihres Daseins, und ein Übermaß von Gefühlen, die in ihrer regsamen Seele durch den nahen Abschied wachgerufen wurden, beunruhigte sie.

So kam die letzte Stunde heran, welche die Leutchen in ihrer Heimat zu verbringen hatten. Die Frau ging noch einmal in ihrem Sonntagsstaat, im dunkelgrünen Wollkleid, das sie eng und zierlich umschloß, in einer weißen Mütze mit braunem Band, durch alle leeren Räume bis hinauf auf den Boden. Dort lehnte sie sich an ein Dachfensterchen und schaute in den schönen Maitag hinaus. Auf allen Dächern lag goldener Sonnenschein, die Schwalben flitzten blauglänzend und zwitschernd an ihr vorüber, hinein in ein Meer von Licht, von Luft und Wärme. Das war der letzte Blick, den sie von ihrem Besitztum aus tat, und wie sie so Umschau hielt, da hafteten ihre Augen an einem Erkerfensterchen, vor dem ein grünes Brett befestigt war, das einen über und über blühenden Rosenstock trug. Ihr Lebtag mochte sie wohl nicht aus der versteckten Dachluke geschaut haben, und so zu allerletzt vom nah Bekanntesten aus etwas Neues zu gewahren, machte einen wunderlichen Eindruck auf sie. Sie blickte, in Erinnerungen versunken, durch den Maisonnenschein auf den Rosenstock in allertiefster Wehmut, dann schloß sie den grauverwitterten Holzladen und hatte, indem sie das tat, die Empfindung, daß hier alles zum letztenmal behutsam berührt werde, zum letztenmal vor der Zerstörung. Vom Boden aus tat sie noch einen Blick hinunter in das dämmerige Höfchen, ihren lieben Aufenthalt. Das stand gedrängt voll Gerümpel, voll alter Kisten, Bretter und Kasten, aber aus allem Wust hob sich frisch und unbeschädigt der Fliederstrauch. Das ging ihr zu Herzen; langsam und sachte machte sie sich auf den Rückweg. Unten in der Küche wartete auf sie zum letztenmal der Kaffeetopf auf dem alten Herde. Sie nahm aus einem Korbe zwei Tassen, trug sie in das verlassene Ladenstübchen, stellte sie sorglich auf eine hohe Kiste, zwei wackelige Stühle davor, nahm aus dem Korbe einen runden Kuchen und holte die Kanne vom Feuer. Dann rief sie Herrn Balduin, der sich in allen Ecken noch etwas zu tun machte, herein, und die beiden Leutchen verzehrten die letzte Mahlzeit in ihrem Hause, ohne viel dabei zu reden oder Betrachtungen zu machen, aber mit ernster Feierlichkeit.

Nicht lange darauf hielt ein leichter Einspänner vor der Tür. Sie machten sich auf, Balduin schloß das Haus hinter sich ab und händigte Salome, die sich zu guter Letzt eingefunden hatte, den Schlüssel ein. Die reichte der Frau auch ihren Korb in den Wagen und benahm sich bei dem Abschied gefaßt, hatte aber die schönsten und erbaulichsten Redensarten bis zuletzt in Bereitschaft.

Die Alten stiegen ein, der Wagen setzte sich in Bewegung, und es ging erst über das rasselnde Straßenpflaster zur Stadt hinaus, dann an blühenden Gärten vorüber. Die Apfelbäume waren noch im vollsten Flor, rosig und weiß hingen die Blüten gehäuft an den Ästen, und über das grüne, aufschießende Korn strich der sanfte Maiwind. Die Birken schimmerten im hellsten Grün, und Tannen und Kieferngehölze, an denen sie vorüberkamen, standen auch im frischen Schmuck. In den Dörfern sorglose Kinder, – Hühner und junges Gänsevolk in den knospenden Obstgärten, – überall Leben, Wachsen und Frische. Die Frau saß wie träumend neben Herrn Balduin. Mit der Zeit wagte sie es, sich in dem Wagen behutsam zurückzulehnen, und beschaute sich beglückt die erfreulichen Dinge, an denen sie vorüberkamen. Je weiter sie fuhren, je mehr Frühlingsluft an ihnen hinstrich, desto mehr wurde von den beiden ein Lebelang alltäglichster Tätigkeit und Dumpfheit fortgeweht. Salome und Leander und die Zahl der Kundinnen fielen von ihnen ab, in den großen Raum der Vergangenheit hinein. Die kleine Frau atmete so frei und unbehindert wie ein Kind und sagte zu Herrn Balduin: »Wie müssen wir alten Leute dankbar sein, daß der liebe Gott uns das gegönnt hat. Ebensogut hätte er auch eins von uns abrufen können oder uns Krankheit schicken, statt daß wir nun so wunderschön dahinfahren.«

In der Alten regte sich das, was man Lebenswonne nennt. Was sie nur je unklar gehofft und geträumt, das wollte sich ihr jetzt schön erfüllen. Sie vergaß die langen, ihrer Natur nicht angemessenen Jahre, in denen ihr der überflüssige Reiz des Lebens nicht Zuteil geworden war, und saß da wie eben erwacht, voller Ahnungen. Ihre neue Heimat hatte sie noch nicht zu sehen bekommen und näherte sich ihr jetzt zum erstenmal. Der Wagen fuhr einen Weg hinauf zwischen Gartenmauern hin, über welche Blütenbüsche niederhingen. Sie hörten die Vögel in den verborgenen Gärten singen und Zwitschern, und die Sonne lag voll auf den hellen Steinmauern. Da sagte Herr Balduin: »Nun kommt es bald, dort fangen schon die ersten Häuser an.« Darauf schaute die Frau mit klopfendem Herzen vor sich hin, und nicht lange, so hielt der Wagen vor einem Haus, das mit seiner Reihe grüner Fensterläden unter hohem Dache freundlich dreinschaute.

»Da sind wir, Alte«, bewillkommnete sie Herr Balduin mit einem Ausdruck, dem man anhörte, daß ihm die Sache schon wohl vertraut war, und half seinem bewegten Frauchen aus dem Wagen. Er hatte schon ein paar Tage lang hier gehaust, um, während die Frau in der alten Wohnung hantierte, die neue, so viel wie für ihn tunlich, instand zu setzen.

Die Frau nahm ihren Korb an den Arm und trippelte Herrn Balduin, der die Haustür öffnete, zaghaft durch den schmalen, mit roten Backsteinen gepflasterten Vorraum nach, dann in die Stube, deren Fenster zur Landstraße hinaus auf ein gegenüberliegendes Haus blickten. In der Stube standen die alten Möbel aus dem Ladenstübchen, dazu ein wunderschönes, neues Sofa und ein prächtig polierter Schrank.»Ach, du mein Gott!« flüsterte die Frau und ließ ihre Gefühle noch nicht so recht aufkommen, vielleicht in der Empfindung, als könne sie davon erwachen. Sie setzte ihren Korb auf die Diele, beschaute die schönen, weißen Vorhänge und schüttelte ganz versunken den Kopf.»Komm, Alte, erst wollen wir den Garten besehen«, sagte Herr Balduin.

Nun gingen sie wieder beide hintereinander her durch den Hausflur. Herr Balduin öffnete eine grün gestrichene Tür, und sie traten hinaus in die volle Pracht. Gleich vor dem Haus stand ein junger, kräftiger Apfelbaum, der so über und über blühte, daß es eine Freude war. Von der Tür aus führte ein schnurgerader Weg bis an das Ende des schmalen, etwas abfallenden Gartens, und dieser Weg hatte eine Einfassung von den schönsten, weißen Narzissen, deren dichte Blätterbüschel kräftig aus dem Erdreich aufgeschossen waren und die Blumensterne frisch umgaben. Blühende Bäume und überall hellstes Grün, noch unbepflanzte, gelockerte Beete, allerlei Keimendes, das sich eben erst aus dem Boden herauswagte, Buschwerk und Beerengesträuch, am Wege ein paar knospende Rosenstöcke, – alles das sah das Frauchen in ihrer nächsten Umgebung und empfand das frische Leben, das jedes Blatt und jede Handbreit Erde ausströmten. Sie bückte sich, um von einer schönen, schneeweißen Narzisse ein Schnecklein abzulesen, und indem sie das tat, wurde sie rot vor Beschämung, denn man könnte meinen, sie täte sich wichtig als Eigentümerin, und behutsam schaute sie auf, ob Herr Balduin auf sie achtete.

Aber der ging würdevoll und schweigsam vor ihr her und empfand es jedenfalls als unnötig, da zu reden, wo jedes Schöne sich selbst erklärte. Endlich drehte er sich um und sagte:»Alte, was meinst du?« Da reichte ihm die kleine Frau die Hand, die hellen Tränen standen ihr in den Augen, und ihr gutes, überschwenglich volles Herz ließ sie zu keinem Worte kommen. Das war ein Augenblick, den sie in ihrem Leben nicht vorgesehen hatte, und alles, was sich an diesem Tage weiter begab, erschien ihr wunderbar, wie eben erst geschaffen: die Abendsonne, deren rote Strahlen den lockenden Garten übergossen; ein Gesang, den sie auf der Straße hörte; die Leute, die ihr am Fenster vorübergingen. Und ihre Freude hatte sie, als sie aus den Kisten und Kasten das Bettzeug räumte und hin und wieder bei der Arbeit aufschaute und ihr Blick auf das gegenüberliegende Haus, das dem Herrn Rat gehörte, fiel. Der war für die Sommerzeit ihr Nachbar geworden, und Herr Balduin hatte ihr gesagt, daß jetzt schon die Jungfer Funzel mit den Kindern dort eingezogen sei, gerade als er mit seiner Sache so weit fertig geworden, um wieder zu gehen. Das war ihr ein angenehmer Gedanke, und sie beschäftigte sich mit der neuen Nachbarin. Am anderen Tage in der schönsten Stunde traten die Alten wieder aus ihrem Hause, sie hatten schon allerlei miteinander geräumt und gewirtschaftet und wollten in der schönen Frühzeit sich einmal draußen umsehen. Das Frauchen pflückte jetzt schon im Gehen von dem Überfluß ein paar der weißen Narzissen und einige purpurrote Aurikeln, auch einen Goldlackstengel, der am Grasrand blühte, einen Zweig helles Stachelbeerlaub und trug ihren Strauß vor sich her, so behutsam und glücklich wie ein junges Mädchen.

Am Ende des Gartens war in die Mauer ein Pförtchen eingelassen. Das öffnete Herr Balduin, und sie gingen über einen morgendlich feuchten Weg in das Buchenwäldchen, welches sich bis knapp an das Flußufer hinzog. Schlängelnde Pfade führten zwischen den schlanken Stämmen hin. Da wandelten die beiden Alten unter dem maifrischen Laub und dachten nicht an sich, sondern nur an das Schöne, das sie genießen durften, und nie mochte wohl auf einem Menschenpaar das Alter so wenig drückend aufgelegen haben wie auf den beiden Leuten an jenem schönen Morgen. Die Frau wenigstens vermochte sich nicht von der Jugend um sie her zu unterscheiden. Sie ging mit ihren Betrachtungen nicht wie die, die mit Anstrengung sich selbst überwinden mußten, um genießen zu können, von einem schmerzlichen Punkte aus, sondern genoß sanft und sich ganz hingebend, legte ihre Hand in die des Herrn Balduin und hatte in ihrem Alter das volle Glücksbewußtsein. Sie setzten sich nebeneinander auf eine Bank, die abseits vom Wege mitten im Grünen fast versteckt stand, die aber die Frau mit ihren Umschau haltenden Blicken gleich entdeckt und für ein wunderschönes Plätzchen erkannt hatte. Herr Balduin steckte sich in aller Zufriedenheit seine Pfeife an, und die Frau holte aus den Falten des grünen Wollkleides ihren Strickstrumpf hervor. Das Knäuel rollte ihr, während sie emsig Nadeln und Finger regte, mitten in blühendes Kraut zwischen Gras und Blätterwerk hinein, und als sie ihm nachschaute, erstaunte sie von neuem über den großen Reichtum um sich her. Die Zeit verging ihnen sachte und angenehm. Ein leiser Wind fuhr hin und wieder durch die obersten Wipfel. Aus Herrn Balduins Pfeife hoben sich Rauchwolken, kräuselten sich bläulich, zogen durch die stille, klare Luft und leuchteten hin und wieder in den schwankenden Sonnenlichtern, die das dichte Laub durchdrangen, hell und wunderlich auf.

Wie sie so nebeneinander saßen, hörten sie Schritte. Die Frau bog einen Zweig zurück, um aus ihrem grünen Versteck heraus auch sehen zu können, was ginge und käme. Es dauerte nicht lange, da sah sie auf dem Wege, der an ihnen vorüberführte, ein junges Mädchen kommen, in einem dunkelblauen Leinenkleid, einen Jungen an der Hand führend. Wie sie das Mädchen genauer betrachtete, welches mit dem Kinde ihr gegenüber etwas stehen blieb, weil das Bürschchen ihr in einem Gefühlsausbruch von Zärtlichkeit die tüchtigen Ärmchen um die Knie schlang, meinte sie, daß auf der Welt kein Geschöpf in dieses schöne Wäldchen so wohl hineinpassen möge als gerade diese junge Person. Sie hatte einen kleinen, festen Kopf und sonnige Augen, einen blonden, glänzenden Zopf knapp in einen Knoten festgesteckt, um die Stirn aber die lustigsten Flatterlöckchen, die man sich denken kann. Ihre Gestalt war nicht gerade schlank zu nennen, aber angenehm und beweglich.

»Sieh nur!« flüsterte die Frau Herrn Balduin zu und lehnte sich zurück, damit auch er den hübschen Anblick haben sollte.

»Das ist ja die Jungfer bei Rats«, sagte Balduin.

Indem er das bemerkte, machte sich der Junge von der Jungfer los und bog in den Pfad ein, der auf die Bank zuführte, um zu entwischen. Sie lief ihm nach, und im Augenblick darauf standen sie vor den beiden Alten. Herr Balduin erhob sich, griff nach seinem Käppchen, und die Jungfer schaute etwas betroffen auf, reichte ihm aber gleich die Hand hin. »Nun, wir kennen uns«, begann sie munter und reichte ihre Hand auch der Frau hin. »Ich wünsch' allen Segen zum Einzug.« Das sagte sie mit einem so liebevollen Tone, daß es der Frau war, als hätte sie vorher mitten in ihrer Freude gerade solch einen Willkommen vermißt.

»Hier ist noch ein Platz neben uns«, sagte die Alte und wies auf die Bank.

»Wir haben Eile«, erwiderte die Jungfer, »wir müssen noch hinunter und Milch bestellen. Aber ich dachte, daß die Nachbarn hier herum zu treffen sein würden, und wollte doch meinen Gruß anbringen. Die Frau Häberlein habe ich schon vom Fenster aus heute wirtschaften sehen. Wenn man mit etwas behilflich sein kann, ich tu's gern«, fügte sie hinzu und nahm die Hand des verdutzt um sich schauenden Jungen, um zu gehen.

»Wir begleiten Euch ein Stückchen«, sagte Frau Anna, und sie machten sich miteinander auf den Weg. Unterwegs erzählte ihnen Funzel, daß sie vorerst mit den drei Kleinsten hier allein wohne, um alles herzurichten. Sie hatten einen schweren Winter hinter sich. Die Kinder wären alle an den Masern krank gelegen und sollten sich nun hier vollends erholen. Die Frau Rat würde in ein paar Tagen wohl nachkommen, aber der Herr mit den beiden Ältesten erst in den Pfingsttagen. Dann sprachen die beiden Alten ihre Dankbarkeit gegen sie aus, da sie es ja sei, die ihnen zu ihrem Glücke so recht eigentlich verholfen habe.

»Ja, nicht wahr«, sagte die Funzel darauf, »es ist schön hier, und das ist erst das Rechte, wenn man sich so im Freien fühlt. Mir wird es auf die letzten Wochen, die wir in der Stadt bleiben müssen, immer ganz beklommen zumute. Mein Lebtag könnte ich es dort gar nicht aushalten, keinen Mund voll frischer Luft bekommt man«, fuhr sie lachend fort und schwenkte das Bürschchen, das ihr jetzt ganz bedächtig an der Hand ging, etwas hin und her, gab ihm einen kleinen Stoß, daß es mitten in das schönste Gras wie ein Käfer auf den Rücken fiel und um sich her strampelte. Dann zog sie es wieder in die Höhe und sagte: »Das ist ein großer Schelm, man glaubt es gar nicht. Die anderen beiden sind bei der Magd, aber diesen muß man immer selbst in Obacht haben. – Aber der beste ist er von allen«, wandte sie sich leise an Frau Häberlein, »dem kommt kein unwahres Wort über die Lippen; und gut ist er! – Nicht wahr, Schlingel?« sagte sie.

»Funzel, das war eine Amsel, dort ist sie hinein!« rief der Junge und zeigte auf dichtes Buschwerk.

»War sie schwarz?« fragte Funzel,»hatte sie einen roten Schnabel und gelbe Beine?«

»Ja«, sagte er im höchsten Eifer.

»Dann war's eine«, meinte die Jungfer.

»Nun?« fragte er, als sollte noch etwas kommen.

»Nun?« sagte Funzel,»das andere weißt du ja. Sie hat in dem Busch ein Nest und freut sich, daß sie so schnell entwischen kann.«

So plauderte sie in aller Munterkeit, daß es Frau Häberlein leid tat, als sie wieder voneinander Abschied nahmen. Aber beide luden die Jungfer ein, doch mit den Kindern zu ihnen zu kommen, und gingen durch ihren schönen Garten wieder in das Haus zurück.

Man darf auf Erden nicht vom Glück reden, da es leicht durch ein Aussprechen verscheucht werden kann. Deshalb mag ich nicht sagen, daß die beiden Alten glücklich waren; und dennoch getraute ich es mir fast. Die Frau wenigstens möchte ich so nennen, da sie ihr Lebtag in Sehnsucht nach halb Geahntem, Ungekanntem hingebracht und alles sich ihr jetzt im Alter noch in Staunen und Dankbarkeit gelöst hatte; und was wünscht man mehr?

Herr Balduin mochte nicht viel nach Glück gestrebt haben; ihm war mit Befriedigung gedient, und die kannte er wie irgendeiner. Wäre ein Überfluß von Glück über ihn hereingebrochen, würde auch nur Befriedigung und weiter nichts in dem Händler erweckt worden sein. Von dem Jubel aber, der in seiner kleinen Frau lebte, ahnte er nichts, so wenig er sie in ihrem Verlangen nach dem, was nun gekommen war, je verstanden. Und dennoch hatte sie ihm die Erfüllung ihrer kleinen, leidenschaftlich entstandenen Wünsche zu verdanken bis auf dies letzte schön Erreichte.

Die ersten Wochen waren dem Paare in seiner neuen Heimat rasch vergangen. Die Obstbäume im Garten setzten prächtige Früchte an. Die Beete waren alle bepflanzt worden und standen im besten Gedeihen. Auch die Freundschaft mit der Jungfer Funzel und das gegenseitige Gefallen aneinander blühten allerschönstens. Unsere gute, kleine Frau stand eines Tages vor der Türe ihres hübschen Hauses und blickte die Straße entlang, da sah sie einen Wagen an der Ecke halten, einen offenen Korbwagen, wie ihn die Metzger haben, wenn sie über Land fahren, und daraus kletterten ein paar dürre, sparrige Gestalten. Frau Häberlein beobachtete dies neugierig und aufmerksam. Sie sah, wie die Gestalten mit einem verzweifelten Sprung von dem hohen Trittbrett hinabstolperten, zuerst ein langer, hagerer Gesell, der mit den Armen greulich in der Luft hantierte, als er der zweiten Gestalt, einer langen Frauensperson, beim Aussteigen behilflich sein wollte.

Als sich beide dem Hause näherten, erkannte Frau Häberlein in ihnen Salome Thorspeck und Leander, deren Jüngsten. Herr du mein Gott, was wollen die! dachte Frau Häberlein, und je näher ihre beiden alten Hausgeister ihr kamen, um so beklommener wurde es ihr zumute, und sie blieb befangen stehen, wo sie stand, bis zur Begrüßung.

Frau Salome Thorspeck überschüttete ihre Freundin mit einem Wortschwall, und der alten Häberlein war es, als umgehe sie wieder die dumpfe, unerfreuliche Atmosphäre ihres vergangenen Lebens, als lege sich ihr etwas schwer auf die Brust. Salome und der Jüngste wurden von ihrer Wirtin in das Haus geführt. – In der stattlichen Stube nahmen alle drei Platz, und Salome erzählte, daß Leander eine Schreiberstelle in Rudolstadt angenommen habe, und daß sie eben beide dahin auf dem Wege seien. – »Leander«, wie sich Salome ausdrückte, »behufs längeren Aufenthalts.« Sie selbst hingegen hatte die Fahrt unternommen zur Auffrischung heruntergekommener Kräfte – »vermittelst deren«, wie sie zierlich fortfuhr, »sie in harter Arbeit und Treppensteigen behindert würde.«

Frau Häberlein beklagte das: aber nicht herzlich, wie es sonst wohl ihre Art gewesen, sondern zerstreut und kühl: ihre Augen waren mißtrauisch bei allen Berichten Salomes, fast ununterbrochen auf den früheren Lehrling und Hausgenossen gerichtet. Dieser trug noch dasselbe widerwärtige, gleichgültige Wesen wie ehedem Zur Schau, das Wesen, das der Delikateßhändlerin jedem Ding, auf das er seine Blicke richtete, allen Wert nahm. Er hatte den wunderlichsten Einfluß auf sie ausgeübt, einen schrecklichen und geheimnisvollen Einfluß, dem sie sich nicht hatte entziehen können. Die sonderbarsten Beispiele, wie alles sich unter den Augen des Hausgenossen widerlich verwandelte, waren ihr wohl im Gedächtnis geblieben.

Da hatten sie einst einen wundervollen, frischen Lachs bekommen, ein wahres Ungeheuer von Pracht, der lag auf Eis in seiner ganzen Schönheit und war frisch wie eine Schneeflocke und untadelhaft.

Frau Häberlein bemerkte, wie der Lehrling an dem schönen, würdigen Tier auf eine verächtliche Manier roch und es wie nichts Gutes umdrehte und auch die andere Seite beroch, gedankenlos und gelangweilt.

Von dem Augenblick an halte sich der Lachs verändert, Frau Häberlein war es so gewesen, als hätte er sich verändert und wäre aus einem wertvollen, herzerfreuenden Fisch zu einem toten, der Verwesung anheimgefallenen Vieh, zu einer Abscheulichkeit, zu einem Kadaver geworden, so daß es der Händlerin angst und bange geworden war, was mit ihm geschehen sollte. – Leander brauchte, wie gesagt, anzuschauen was er wollte, so war es ihr verleidet. – Wenn er schnüffelte, was seine Angewohnheit war, meinte sie, die Luft wäre erstickend und schlecht, und begriff nicht, wie man es darin aushalten könnte. Blickte der Lehrling Herrn Balduin auf seine unverschämte Weise an, ging es ihr wie ein Stich durch das Herz, und sie hätte dem Miserabelen eins überziehen können – denn auf Herrn Balduin ließ sie von keiner Menschenseele etwas kommen.

Jetzt, nachdem der schlimme Hausgeist mit seiner Mutter in die neue, schöne Heimat eingedrungen war, beobachtete Frau Häberlein den Widerwärtigen befangen und bemerkte, daß er genau so an dem Kaffee und frischen Brot und Kuchen, den sie den Gästen vorsetzte, herumschnüffelte wie damals im Ladenstübchen, das er ihr ganz mißliebig gemacht hatte. –

Er sah sich in der freundlichen Stube um, als wollte er sagen: Das ist auch weiter nichts. – Frau Häberlein führte Mutter und Sohn in den Garten, und auch dort wich dieser Ausdruck nicht aus den Zügen von Salomes Jüngstem. – Nur als Herr Balduin zu ihnen trat, gewahrte sein Weib, daß der schreckliche Lehrling dachte: Ihr seid schön alt, ihr Narren, es ist nicht mehr der Mühe wert, daß ihr euch noch hier in dem Garten festgesetzt und es euch bequem gemacht habt; wie lange wird's dauern, dann hat der Spaß ein Ende. Der

Delikateßhändlerin war es, als zöge ein dunkler, kalter Schatten über die schöne Gegend, die hoffnungsreichen Obstbäume, die blühenden Rosen, die Bienenstöcke und Spargelbeete. – Sie seufzte tief auf – und die Stunden, in denen Salome und der Sohn sich bei dem Ehepaare aufhielten, vergingen träge, wie noch nie Stunden in der neuen Heimat vergangen waren.

Erst als es an das Abschiednehmen ging, atmete die Frau auf, wünschte Salome und Leander alles Gute, forderte sie aber mit keinem Worte auf, wiederzukehren. – Als ihre Gäste die Straße entlang gingen und das Paar ihnen vom Fenster aus nachblickte, fiel die kleine Frau Herrn Balduin um den Hals und sagte:»Gott Lob, daß sie fort sind, die lassen wir nicht wieder herein, du.«

»Siehst du, ich habe es dir immer gesagt, du sollst dich mit der Gesellschaft nicht abgeben, es ist etwas Unausstehliches an ihnen; wer aber nicht hörte, warst du.«

»Ja, ja, ja«, sagte das gute Weib.»Ich habe es auch gebüßt.«

»Gott behüte einen jeden«, sagte Herr Balduin,»vor solchen, die am Leben herumnörgeln, die einem die Dinge verekeln, die großpatzig und unzufrieden dreinschauen. Gott behüte einen vor solchen –«

Sie gingen in den Garten hinaus, und es währte nicht lange, da war die volle Freude wieder eingezogen. –»Und soll eins von uns heute davon«, sagte die Delikateßhändlerin weich,»so hatten wir uns doch – und unser Garten gehörte uns auch – und das Haus und jeder schöne Tag – und jede Stunde. – Sollen ihrer nicht mehr viele sein – wie Gott es will!«

Diesen Abend kam Funzel, als die Kinder zu Bett gebracht waren und Herr Balduin im»Goldenen Engel« unter den Honoratioren saß, herüber zu Frau Häberlein gelaufen und verschwatzte ein Stündchen mit ihr. Da gingen sie miteinander hinaus vor die Tür; im Garten unter den Apfelbaum setzten sie sich und strickten. Funzel hatte eine allerliebste Stimme und sang der Alten vor, was sie nur immer wußte.

Rings im weiten Umkreis hörte man die Heimchen um diese Stunde zirpen; und wenn sie ganz still beieinander saßen, glaubten sie den Fluß rauschen zu hören. Da erzählte ihr einst das Frauchen von dem wunderschönen Lied, das sie im Winter aus dem Buche von Salomes Sohn gelesen, und wie alles zugegangen sei, daß sie es gerade an dem Abend gelesen, an dem sie das erste von dem Verkauf des Gewölbes gehört, und daß alles, was sie empfunden, nun in Wahrheit eingetroffen sei. »Das ist hübsch«, sagte Funzel darauf: »ich meine auch, man sollte an solche Dinge glauben; wenn sich gar so etwas Bestimmtes in einem regt und man kann nicht darauf kommen, weshalb, so ist es sicher für Zukünftiges. Ach, du mein Gott«, sagte sie munter, »ich wollte, mir träumte es auch einmal so. Aber das wird bei mir wohl ausbleiben. Nun, es ist gut«, setzte sie nach einer Weile eigentümlich ernst hinzu, »es geht auch anders. So viel Glück gibt es nun einmal nicht, als daß alle etwas davon abbekommen könnten.«

»Was meint Ihr denn, Funzel?« fragte die Alte. »Euch kann doch nichts fehlen. Euch doch zu allerletzt.«

»Ja«, sagte Funzel und lachte, »mir glaubt es niemand, wenn es mir auch übel geht. Deshalb laß ich es ruhig bleiben mit dem Gesichterziehen; was ich durchzumachen habe, mache ich durch, und wenn ich lache, wo ich vielleicht auch weinen könnte, da ist weiter kein Verdienst dabei. Der eine hält es so, der andere so.«

»Ja, Funzel, was fällt Euch denn ein?« rief das Frauchen erstaunt und schaute sie an. Funzel fuhr sich über die Augen, als wollte sie die Tränen verbergen, und sagte in einem bewegten Tone, der aus den verschiedensten Elementen zusammengesetzt zu sein schien, halb verlegen und wehmütig und dennoch munter und lebendig, nachdem sie wieder klar um sich blickte: »Hier am Orte habe ich meinen Schatz, Euch will ich es sagen, den jungen Hilfslehrer Severin. Wißt Ihr, Herr Häberlein sprach gestern, daß er ihn kennengelernt hätte.«

»Ja, du mein Gott!« rief die kleine Frau in freudigem Erstaunen.

Da lachte Funzel, nahm ihre Arbeit, die sie hatte ruhen lassen, wieder zur Hand und sagte: »Ja, der Severin ist mein Schatz, und keinen Augenblick bereu' ich's, denn er ist ein guter Mensch.«

»Das glaub' ich«, sagte Frau Häberlein lächelnd, »aber ich meine, das wäre das wenigste, was man von seinem Liebsten sagen kann.«

»Ja, wenn alles glatt und gut geht«, erwiderte Funzel,»dann wohl; wir aber haben viel miteinander durchzumachen, Severin ist ein unruhiger Kopf, mir ist das Herz oft schwer. Er ist schon seit Jahren hier Hilfslehrer und kommt zu nichts Rechtem, so daß wir gar nicht absehen können, wie lange uns der Brautstand noch dauern wird. Das mag wohl auch auf ihn drücken. Und nun kommt dazu, daß er bei seinen Vorgesetzten nicht so recht in Gunst steht, wie wir es beide wohl möchten. Nun, das würde sich geben, denn er ist tüchtig, und sie könnten mit der Zeit schon ein Einsehen haben. Aber seit einem Jahre hat er sich etwas in den Kopf gesetzt, wovor mir angst und bange wird, und ich weiß auf der Welt nicht mehr, wie ich es ihm ausreden soll.«

»Nun?« fragte Frau Häberlein und blickte teilnahmsvoll auf das Mädchen.

»Er will nach Amerika«, sagte Funzel kurz und so, wie es jemand tut, der über das, was er ausspricht, eine vollkommen absprechende Meinung hegt,»und will mich überreden, gleich mitzugehen«, fuhr sie fort,»damit wir dort als Mann und Frau unser Glück versuchen könnten. Das spielt seit einem Jahre, so daß ich nichts zu tun habe, als abzureden und zu verweigern. Mein bißchen Erspartes ginge fast allein auf die Reise auf, und dann säßen wir dort, wer weiß in welchem Elend; denn ob sich für ihn so ohne weiteres etwas fände, das ist nicht ausgemacht. Er ist nicht der Mann, sich vorzudrängen, und seine Gesundheit hält auch nicht allzuviel aus. Sehen Sie, die Unruhe, zu etwas zu kommen, ist es, die ihn zu solchem Entschluß verleitet, und der arme Kerl plagt sich damit. Wenn ich so bedenke, ich habe vom fünfzehnten Jahre an gedient und mir es sauer werden lassen, habe zurückgelegt, wo ich nur immer konnte, und gemeint, daß ich es meinem Mann einmal zubringen würde, und habe mir oft ausgemalt, wie hübsch es sein müßte, ein eigenes Heim zu haben. Wenn man immer im Dienst gestanden hat, da macht einem der Gedanke doppelte Freude«, setzte sie hinzu,»das glaubt nur. Und nun fällt es ihm ein, daß wir uns so mir nichts dir nichts fortstehlen sollen, hinaus in die Fremde, als wäre kein Platz für uns im Lande. Ich habe keine Verwandten mehr, aber ich bringe es nicht über das Herz, aus der Heimat zu gehen, wenigstens nicht, solange ich nicht deutlich vor mir liegen sehe, daß es sein Glück ist. Und es ist nicht sein Glück. – Wenn Ihr wüßtet, wie es mir manchmal zumute ist«, fuhr sie fort, und die Tränen stiegen ihr in die Augen. »Und ich erlebe es, daß wir noch auseinander kommen!« Damit stützte sie sich mit der Stirn auf den grünen Gartentisch, vor dem sie saßen.

Die Frau legte ihr die Hand auf die Schulter und wußte nicht recht etwas zu sagen.

»Ich warte ja ruhig und mit gutem Mut, bis es ihm besser gelingt«, fuhr Funzel fort und hob wieder gefaßt den Kopf, »und es wird ihm hier gelingen, wenn er in Ruhe vorwärts geht und nicht alle Welt von seinen absonderlichen Plänen hört, denn dergleichen schwätzt sich herum, man weiß nicht wie, und schadet mehr, als man sich vorstellt. – Wenn ich so an die große Welt, die um einen her liegt, denke«, sagte sie nach einer Weile, »und an die vielen Geschöpfe, ich meine, da müßte man im allertiefsten Herzen demütig werden. So unendlich viele haben nicht Aussicht auf Glück gehabt und mußten es sich gefallen lassen, ihr Leben in Freudlosigkeit hinzubringen. Ich weiß nicht, ich habe nie den Mut gehabt, so recht ausbündig nach Glück für mich zu verlangen; da kommt mir immer der Gedanke: Du lieber Gott, weshalb soll denn gerade für dich etwas so allerbestes zurecht gelegt sein, und gar danach zu jagen, wie mein Schatz es tut, das kommt mir wie ein rechtes Unrecht vor, und ich möchte ihn zurückhalten.«

So sprach die bescheidene Seele, und indem sie es tat, schaute sie wieder klar in ihrer hellen Lieblichkeit vor sich hin.

»Armes Kind«, sagte das Frauchen voller Güte, und strich ihr sanft über die Wangen, »daß du solche Not hast, das sollte man nicht denken.«

»Mich hat der liebe Gott auch nicht zum Klagen geschaffen«, fuhr Funzel lebendig fort. »Zehnmal am Tage freue ich mich meines Lebens, auch wenn es mir nicht so geht, wie ich wohl möchte. Ich nehme Gutes und Böses in Kauf, wie es jeder hier tun muß, und bin nicht furchtsam. Sollte aber etwas zwischen mich und meinen Schatz kommen, das würde mir nahe gehen. Ich habe ein festes Leben und bin hart gewöhnt. Ich müßte bei meiner Arbeit bleiben und alles hübsch lebhaft und gutes Mutes weiter schaffen, denn wollte ich mürrisch und trübselig werden, da stände es schlecht um mein Fortkommen.« Dann setzte sie mit von Tränen erstickter

Stimme hinzu:»An Krankwerden oder gar an Sterben wäre bei mir nicht zu denken, wenn mich mein Schatz verließe. Ich habe ihn jetzt schon seit ein paar Tagen nicht zu sehen bekommen und weiß gar nicht, was das bedeuten soll.«

»Beruhigt Euch, Funzelchen«, sagte die Frau,»bis dahin soll es nicht kommen. Verlaßt Euch nur auf uns, das geben wir nie zu. Mein Mann hat ja den Herrn Severin kennengelernt, und mir schien, als hätten sie Gefallen aneinander gefunden.«

»Meint Ihr?« sagte Funzel.

And beide blieben in Gedanken versunken sitzen, sahen den Mond hinter dem Wäldchen auftauchen und saßen länger als gewöhnlich zusammen, trotzdem sie kaum ein paar Worte noch miteinander wechselten. Frau Häberlein griff in ihrer Herzensbewegung nach Funzels Hand und hielt sie fest in der ihrigen, als wollte sie damit sagen: Warte nur, ich habe dich in meinen Schutz genommen, wir wollen es schon gut miteinander machen.

Als das Mädchen sich von ihr verabschiedet hatte, ging die Frau in das Haus, zündete ihr Lämpchen an und wartete auf Herrn Balduin. Sie war durch das Vertrauen, das ihr die junge, schöne Person erwiesen, beglückt und hatte das Gefühl, als brächte das Leben ihr immer mehr und immer besseres zu, als würde jede Sehnsucht in ihr gelöst und jeder Wunsch erfüllt. Im Herzen empfand sie solch eine schöne Liebe zu dem Mädchen, wie sie sich die Liebe zu einer Tochter nur je geträumt hatte. Und sie meinte, nun liege es ihr ob, für das Kind zu sorgen und alles dafür einzusetzen, hier Glück zu schaffen. Es war ihr fast recht, daß es der Funzel nicht zum besten ginge, und daß sie etwas zu helfen und zu bedenken bekommen hatte. So saß sie, und die Zeit verging ihr unmerklich.

Als Herr Balduin zurückkam, fragte er beim Eintreten:»Ist Funzel bei dir gewesen?«

»Jawohl«, erwiderte die Frau,»die war hier.« Und es dauerte nicht lange, da wußte Herr Häberlein, daß der Liebling mit dem Hilfslehrer Severin versprochen sei, und wußte alle Leiden und Nöte des jungen Pärchens, die ihm die kleine Frau lebhaft zur Anschauung brachte. Mit allergrößter Teilnahme ließ sich Frau Häberlein darauf erzählen, daß Severin ihren Mann bis an die Haustür begleitet habe. »Das ist ein netter Kerl«, sagte Balduin, »mir gefällt er recht gut. Wäre damals statt des langen Schlappses so einer wie Paul Severin bei uns in das Geschäft eingetreten, das hätte ich mir gefallen lassen. Und für Severin wäre es auch besser gewesen, als daß er hier sitzt, an seiner Hilfslehrerstelle nagt und davon nicht satt und froh wird. Ich habe ihn gebeten, er soll einmal bei uns vorsprechen. Ja, Alte, mag man sagen, was man will«, fügte Herr Balduin wehmütig hinzu, »ein frisches, gesundes Geschäft hält Leib und Seele zusammen. So schön es hier auch sein mag, und so wenig ich es mir anders wünschen möchte, mir ist es manchmal gar nicht, wie es mir sein sollte, da fehlt es mir an allen Ecken. Es ist eben schwierig, ehe man von der lieben Gewohnheit loskommt.«

Die Frau schaute ihren Mann besorgt an. »Balduin«, erwiderte sie, »davon hast du ja nie etwas gesagt.«

»Ja, es ist einem selbst nicht recht klar, bis man sich einmal ausgesprochen hat«, fuhr Herr Balduin fort. »Als ich vorhin mit dem jungen Severin nach Hause zu ging, machte es sich so im Gespräch. Es wird sich auch wohl geben. – Du fühlst nichts dergleichen?« wandte er sich an die Frau. »Wenn du aufstehst, ist es dir nicht, als wüßtest du nichts zu tun und zu schaffen und könntest gerade so gut liegen bleiben?«

»Daß ich nicht wüßte«, erwiderte das Frauchen bedenklich, »eher im Gegenteil; ich kann es kaum erwarten, bis es so weit ist, daß der Tag wieder neu beginnt. Mir ist die kleine Wirtschaft jetzt auch gerade recht.«

»Ja, ja«, unterbrach sie Herr Balduin, »du warst von jeher leichtsinniger, als es gut sein mochte, und hattest deinen Sinn auf allerlei Allotria gerichtet. Ich habe dir das genug gesagt, nun stellt es sich wieder heraus. In so einem Frauenzimmer steckt kein Lot Anhänglichkeit!«

»Was fällt dir ein?« sagte das Frauchen, das seinem Manne erstaunt zugehört hatte. »Verlange nicht etwa, daß ich mich darüber erboßen soll; so eine alte Frau ist dankbar, wenn es ihr gut geht und wenn sie in ihrem Alter Grund hat, glücklich zu sein. – Ich dächte, du besännest dich beizeiten«, fuhr sie fort, »du hast den Garten vor der Tür, wo es jetzt mehr zu tun gibt, als dir lieb ist, und beklagst dich, daß nichts zu schaffen wäre.«

»Weißt du auch«, sagte der Alte nach einer Weile, »daß heute unser Gewölbe daran muß? Der Apotheker war in der Stadt und erzählte, daß sie angefangen haben.«

»Du mein Gott!« erwiderte die Frau, sah vor sich hin, stand dann auf und machte sich etwas in der Stube zu tun.

»Ja, ja«, seufzte Herr Balduin und ging langsam und bedrückt in die Schlafkammer.

Der andere Tag war sonnig und heiter, und in dem Herzen der Delikateßhändlerin wollte die Wehmut nicht recht eindringen, als sie sich vergegenwärtigte, daß jeder Augenblick ihr altes Haus in der Stadt seinem Ende näher brächte. daß jetzt aus den leeren, ihr wohlbekannten Fensterhöhlen der Staub wirbelte; daß Balken stürzten und alles in Auflösung begriffen sei. Aber jeder Blick, den sie auf ihren schönen Garten tat, ließ sie die beängstigenden Bilder vergessen, und Funzel Quittenbaums Geschichte und die mütterliche Liebe zu dem Mädchen beschäftigten sie mehr, als irgend etwas Vergangenes es jetzt hätte tun können.

Das Altchen war so ganz in ihr Element geraten, daß sie kaum um sich blickte, sondern immer voller Behagen und in aller Annehmlichkeit weiter wandelte; meinte, aller Welt müsse es wohl zumute sein wie ihr, so daß Herr Balduin, der schon in den ersten Jahren ihrer Ehe bei der Frau den Hang nach Wohlleben gewittert haben wollte, fast recht behielt. Er hatte sich nie ganz sicher gefühlt und das Frauchen oft damit gekränkt, daß er sein Mißtrauen für sie zur Anschuldigung machte; jetzt schienen seine bösen Ahnungen wahr werden zu wollen. Durch ein allzu langes Bereden der von ihm gefürchteten, gefährlichen Eigenschaft seines Weibes hatte er sie endlich, wie es schien, heraufbeschworen. Denn so besorglich und pflichttreu die Delikateßhändlerin den Mann ihr Lebtag gepflegt und trotz aller Geschäftigkeit immer Zeit gefunden hatte, getreulich auf sein Aussehen und seine Mienen zu achten, so sehr fühlte er sich jetzt von ihr vernachlässigt. Tag für Tag lebte sie in ihrem Leichtsinn und in Zufriedenheit hin, war so von erfreulichen Angelegenheiten erfüllt, daß sie nicht im geringsten darauf achtete, daß Herr Häberlein schon seit einiger Zeit durchaus nicht bester Laune zu sein schien.

An einem schönen Tage vor Sonnenuntergang gingen sie miteinander durch den Garten. Die Rosen standen in allervollster Blütenpracht, und für den Abend hatten sie die beiden, Funzel und den jungen Severin, mit dem Herr Balduin große Freundschaft geschlossen, eingeladen.

Die Frau blieb, als sie neben ihrem schweigsamen und etwas verdrießlich dreinschauenden Gatten unermüdlich auf und nieder gegangen war, vor einem Rosenstocke stehen, bog einen Zweig herab und sog den Duft andachtsvoll in sich ein.

Herr Balduin betrachtete sie eine Weile, wie sie, um ihn unbekümmert, wie ein Bienchen an der Rose sog; endlich sagte er ärgerlich:»Das ist recht, laß dir einen Käfer in die Nase kriechen, überhaupt ist das eine ganz verfluchte Einbildung, hinter die man kommt, wenn man die Sache einigermaßen mit Verstand betrachtet, daß eine Rose so besonders riechen soll. Ich sage dir, ein Käse, ein rechter echter und reifer, riecht mir angenehmer, kräftiger und besser. Es hat auch eine solidere Bewandtnis damit; denn eine Rose ist im Grunde doch ein sinnloses Ding.«

Frau Häberlein schaute erstaunt und erschreckt zu Herrn Balduin auf und fand, daß dieser eine griesgrämige und wenig muntere Miene zu seinen sonderbaren Redensarten aufgesetzt hatte.

»Was soll das heißen, Balduin?« fragte sie.

»Ja, was es heißen soll?« murmelte der Alte vor sich hin, legte die Hände mit einer schnellen Bewegung auf dem Rücken zusammen und marschierte dem Hause zu.

Frau Häberlein ging ihm kopfschüttelnd nach. Ihr war auch heute das Herz nicht leicht, denn nächster Tage stand ihr die Trennung von Funzel Quittenbaum bevor. Die Frau Rat mit den Kindern zog wieder in die Stadt, und sie kamen erst im September noch auf ein paar Wochen vor Wintersanfang in das Landhaus zurück.

Heute war vielleicht schon der letzte Abend, an dem sie das gute Mädchen längere Zeit bei sich haben durfte, und zugleich der erste, an welchem sie das junge Pärchen zusammen sehen würde. So besorgte sie bewegten Herzens die Zurüstung zum Abendessen und vergaß in ihrer Geschäftigkeit die wunderliche Äußerung und Übellaunigkeit des Herrn Balduin, der in der Dämmerung, weil er nichts Besseres zu tun wußte, die Straße hinabgeschlendert war. Funzel kam, so früh sie sich hatte losmachen können, schon vor ihrem Verlobten und suchte Frau Häberlein in der Küche auf; sie trug ein hell leinenes Kleid und hatte sich frisch und zierlich herausgeputzt, sah aber nicht so munter wie gewöhnlich drein.

»Nun, Funzel?« fragte Frau Häberlein und schaute sich das Mädchen an. Für Funzels Seelenstimmung hatte sie einen feinen Blick. »Nun, dir ist es heute nicht besonders wohl zumute.«

»Ja, wenn der Abschied nicht wäre«, sagte Funzel und drehte in leichter Befangenheit am Küchenschrankschlüssel; »und Severin ist auch nicht bester Laune. Wenn es nun in ein paar Tagen fortgeht und ich wieder in der Stadt sitze, dann kommen erst die dummen Gedanken. Ich gehe diesmal mit schwerem Herzen, und wenn die Kinder nicht wären, ich hielt's nicht aus; Ihr wißt es ja, daß es bei meinen Leuten nicht gerade heiter zugeht. Der Rat und die Frau machen sich das Leben schwer genug. Manchmal ist mir's, als hätten die ihren Verstand nur deshalb bekommen, damit sie ja auch alles Böse im Leben aufspüren können, und das Gute und Fröhliche werfen sie, so ist es mir oft, wenn ich es mit ansehe, wie Scherben beiseite. Manchmal«, sagte sie aufseufzend, »vergeht eine Woche, ohne daß man auch nur ein frohes Gesicht zu sehen bekommt. Und die großen Buben treiben es auch schon so, zerren sich den lieben, langen Tag mit ihrem Schulwerk mürrisch herum, haben an ihrer Arbeit keine Freude und ziehen widerwärtige Gesichter, wenn es etwas setzt. So geht es Tag für Tag, und da will es schon etwas heißen, munter zu bleiben.«

»Ja, ja«, seufzte das Frauchen, »und ich weiß auch nicht, wie ich mich ohne Euch behelfen soll. Jetzt ist mir's erst, als ob ich Einsamkeit kennenlernen müßte.«

Da ging die Haustür, und Herr Balduin trat mit dem jungen Severin, dem er entgegen gegangen war, ein.

»Da kommen sie«, sagte Frau Häberlein, »wir wollen sie vorausgehen lassen.« Sie band ihre Schürze ab, wischte noch geschäftig über ein paar Teller und ging dann mit Funzel den beiden in den

Garten nach. Wie diese die Schritte der Frauen hinter sich hörten, wandten sie sich um, und Funzel sagte, als sie ihren Verlobten auf sich zukommen sah, mit leuchtenden Augen zu dem Frauchen: »Ist er nicht ein lieber Mensch?«

Severin hatte ein gutes und solides Ansehen, gehörte entschieden zu der Sorte Leute wie Herr Balduin und hatte eine behende Gestalt, die in ihrer mäßigen Hagerkeit den künftigen Einflüssen des Alters, ohne viel Veränderung zu erleiden, standhalten konnte. Er hatte muntere Augen und dichtes, dunkles Haar. Sein Benehmen war durchaus würdig, und er schien mit dem Schritt sich seiner Verpflichtungen gegen den alten Gönner bewußt zu sein, als er seiner Braut entgegenging.

»Wart du!« sagte Funzel, lief auf ihn zu und warf ihm eine Hand voll Rosenblätter, die sie im Vorüberstreifen von einer verblühten Rose gepflückt hatte, ins Gesicht. Er schüttelte erst unwillig den Kopf, nahm aber dann ihren Arm in den seinigen und ließ sie huldvollst neben sich herwandeln.

Darauf schaute Funzel nach den beiden Alten, die miteinander hinter ihnen hergingen, und sagte: »Man sollte gar nicht meinen, daß er zu Zeiten so abenteuerliche Gedanken im Kopfe hat, wenn man ihn so hübsch ehrbar gehen sieht, und daß er solche Not machen kann. Nicht wahr?« lachte sie und schaute schelmisch zu ihrem Schatz auf.

»So laß das doch!« flüsterte er ihr zu. »Was willst du jetzt?«

Sie achtete aber nicht auf seine Einwendung, immer nach rückwärts gewendet fuhr sie fort: »Habt Ihr ihm den Kopf ein wenig zurecht gesetzt, Herr Häberlein? Ich wollte nur bitten, daß ich ihn Euch in Erziehung geben dürfte, wenn ich nun gehen muß.«

Herr Häberlein lachte über das ganze Gesicht, denn er hatte an der hübschen Funzel Quittenbaum seine Freude.

»Ist schon besorgt, Jungfer Funzelchen. Ganz umsonst sitzen zwei so mäßige, vorzügliche Leute, wie wir sind, nicht miteinander den Abend im ›Goldenen Engel‹. Schon deshalb nicht, weil es immerhin einen guten Eindruck macht, wenn ein munterer, junger Mensch es mit einem alten Manne hält. – Ja, und er versteht mich, fragt ihn nur«, fuhr Herr Balduin fort, »ich sage besser wie meine gute Alte.«

Da blieben sich die vier gegenüber stehen. Severin lächelte, und die kleine Frau schaute verdutzt und betroffen zu ihrem Gatten auf.

»Ja, er versteht«, fuhr Balduin fort, »daß es einem alten Manne schwer wird, von seiner gewohnten Hantierung zu lassen, und daß alle Schönheit und alles Allerliebste, und was so den Leuten behagt, ihm seine gute Tätigkeit nicht ersetzen kann. Mit dem Frauensvolk, da ist das anders, – die sind mit ihrem Leichtsinn zu jeder Zeit auf das Wohlleben aus, und mag es kommen, wann es will, früh oder spät, sie lassen sich davon den Kopf verdrehen. Da ist nichts dabei zu machen. Vor den Augen wird einem die eigene Alte fremd und hört und sieht nicht mehr, wenn ihr das geschieht, wonach sie verlangt hat. Nun, nichts für ungut«, sagte Herr Balduin wohlwollend, als das Frauchen rat- und hilflos um sich her sah und nicht recht wußte, worauf hinaus das, was sie gehört hatte, zu gehen schien. Er faßte ihre Hand und schüttelte sie. »Seht, Herr Severin, die Frauensleute muß man nehmen, wie sie sind.«

»Ja, ja«, seufzte Funzel, »das ist schon recht, wenn man die Männer nur auch so nehmen könnte; aber da hat man seine liebe Not!«

»Der Tausend, Severin«, rief der Alte und wies auf Funzel, »Ihr habt eine Böse erwischt! Gott behüte Euch vor dem Schwatzwerk!«

»Das nimmt man mit in den Kauf«, erwiderte Severin und schaute das Mädchen zärtlich an.

Balduin aber klopfte Funzel auf die Schulter und sagte: »Du Prachtmädel du!«

Frau Häberlein pflückte noch einen schönen Blumenstrauß still zusammen, um ihn auf den gedeckten Tisch zu stellen. Und als sie miteinander bei dem Abendessen saßen, da wurde Herr Balduin immer munterer und aufgeräumter, wie sein Frauchen sich seiner kaum erinnern konnte. Severin und er sprachen von dem schlechten Zustande, in dem sich die Geschäfte im ganzen Ortsumkreise befänden, und in Jena selbst keine wahrhaft vernünftige Handlung, in der die Leute ihren Kaffee und Zucker und was wirklich Feines erhandeln könnten.

»Hier könnte, wenn es recht angefangen würde, solch ein Geschäft seinen Mann ernähren.«

Sie sprachen immer eingehender und erregter. Severin entwickelte eine ganz eigentümliche Sachkenntnis, die Funzel nie bei ihm vermutet hätte, und Frau Häberlein ging sachte über den Gemütszustand ihres Mannes ein Licht auf. Herr Häberlein hielt nicht mehr Ruhe, in ihm regte sich ein lang bewährter Tätigkeitstrieb, und jetzt wußte sie, was die beiden, Severin und ihr Mann, allabendlich so eifrig zu bereden gehabt hatten. Sie und Funzel hörten noch eine gute Weile geduldig zu, und Frau Häberlein hatte ihre Freude daran, wie frisch und heiter Balduin sprach.

Es war auch in Wahrheit ein guter Augenblick, wie der Alte sich wieder kräftig in das Leben einzudrängen versuchte, wie er Hoffnung und Erfahrung lebendig durcheinander sich bewegen ließ, wie er mit dem Jungen erwog und besprach, der jungen Kraft Vorteile zumaß, indem er sich über manche Dinge, von denen Severin unterrichtet zu sein schien, fragend an ihn wandte und doch zu gleicher Zeit das vornehm Herablassende des Alters ihm gegenüber beibehielt. Wie seine gute Frau voller Hingebung ihm zuhörte, sich an ihm freute und jeden Augenblick in Dankbarkeit und Liebe bereit war, ihrem Gatten, wie es auch sei, zu helfen. Dann die junge Funzel Quittenbaum, die dem Gespräch unsicher, ahnungsvoll folgte, über das Vertrauen, das der würdige Alte ihrem Verlobten schenkte, erstaunte und sich freute und nicht recht wußte, was die allgemeine Erregung in jedem der drei Gesichter vor ihr zu bedeuten habe, bis aus dem lebensvollen Bewegen um sie her für sie eine beglückende Hoffnung sich erhob.

Das Altchen war aufgestanden, hatte die Hand auf die Schulter ihres Mannes gelegt, der sich halb erstaunt nach ihr umwandte, und sagte:»Mir ist es gar zu recht, wenn du das tust, was dir lieb und angenehm ist, das glaube nur. Das ist wahr, ich bin eine leichtsinnige Frau, habe ich mir doch heute gegen Abend, als wir miteinander an dem Rosenstocke standen, gar nichts bei dem gedacht, was du sagtest.« Sie sprach mit lebhaft erregter Stimme und fuhr fort:»Mir ist es lieb, beginne hier etwas Neues, Balduin. Hier in der Vorderstube bauen wir den Laden aus, und den Herrn Severin nimmst du in das Geschäft.«

Da fuhr Balduin fast unwillig auf und sagte:»Das wäre mir das Rechte, in meinen alten Tagen mir ein Geschäft über den Kopf wachsen zu lassen. Nicht wahr, Severin, was meint Ihr?« Die Empfindungen zogen über die alten Züge des Frauchens und brachten im Vorüberziehen einen wunderbaren Jugendschein über sie. Sie blickte sich im Kreise um, und ihre Augen ruhten so voller Liebe und Glanz einen Augenblick auf Funzel, daß es dieser ganz wunderlich zumute wurde. Herr Balduin wollte reden und lehnte die Hand vertrauensvoll auf Severins Arm. »Ich weiß am besten«, fuhr er fort, »daß ich mit Herrn Severin gern etwas unternähme – aber –«

»Zu viel Ehre!« unterbrach ihn Severin. »Wie sollte ich zu dergleichen kommen. Bedenken Herr Häberlein meine völlige Mittellosigkeit.«

»Ta – ta – ta!« sagte Herr Balduin und machte eine bedeutungsvolle Handbewegung. »Das würde sich finden; was braucht ein Gehilfe fürs erste Mittel zu haben. – Da meint die Alte«, begann er wieder in scherzendem Ton, »so etwas ließe sich über das Knie brechen. Wenn ihr es in den Kopf fährt, glaubt sie, es sei schon da und hergerichtet. So ist sie und so war sie.«

Severin schaute gespannt auf Funzel, deren Blicke an dem Frauchen hingen, die immer noch hinter Herrn Balduins Stuhl in Gedanken versunken stand. Unmerklich aber, ohne daß es eines Wortes von seiten der Alten zum Einlenken bedurft hätte, ging die Unterhaltung der zwei Männer ihren Gang, und zwar waren sie, ohne daß sie recht wußten, wie es geschehen, vom unbestimmten Allgemeinen auf das Allerpersönlichste, Eingeschränkte und Sichere gekommen, und das Bächlein der Unterhaltung lief da, wo es laufen sollte.

Die Frau hörte andachtsvoll mit einem unbeschreiblichen Lächeln auf den schmalen Lippen zu, wie die beiden immer eifriger wurden. Sie berieten miteinander den Ausbau der Unterstube, den die Delikateßhändlerin vorgeschlagen hatte, und sie mußten ihn für gut halten, denn sie besprachen die Sache mit der Art Befriedigung, als wäre diese Idee aus ihrem eigenen Kopfe entsprungen.

Herr Balduin hörte dem jungen Hilfslehrer offenbar mit Wohlgefallen zu, wenn der seine Vorschläge machte, und stimmte bei, als Severin außerordentlichen Wert auf Viehsalzverkauf legte. Herr Häberlein sprach ihm gegenüber, zum Staunen der kleinen Frau, das aus, was außer ihr nie ein Sterblicher zu hören bekommen:

nämlich die Quelle, von der er seine Kaffees bezogen hatte. Und er tat es mit einer gewissen weihevollen Feierlichkeit, reichte Severin die Hand dabei hin und sagte:»Es wäre schon gut, wenn wir beieinander bleiben könnten, Herr Severin!« Und Severin schlug mit einem verbindlichen, verlegenen Lächeln ein.

Die Frau nahm sachte die Teller und Reste vom Tische. Funzel half ihr, und beide Frauen schlichen, die Arme voll Schüsseln, zur Tür hinaus; ohne von den in ihre Pläne vertieften Männern bemerkt zu werden und ohne ein Wort zu reden, setzten sie ihre Last in der Küche ab und gingen in den Garten, in den vollen Mondschein hinaus. Da hielt Frau Häberlein unter dem Baume ihre liebe Funzel in den Armen, und die Nacht war still und mild, die Gefühle der alten Frau glichen ihr in diesem Augenblick an ruhiger Schönheit.

Ein Teil ihres sanften Friedens bildete die Dankbarkeit gegen ihren Mann. Durch dessen Einsicht und Klugheit war sie zu ihrem Glück gekommen, und jetzt verschaffte ihr sein neues, kräftiges Aufstreben die Aussicht, das junge, liebe Geschöpf, das ihre ganze Freude war, den Rest der alten Tage nahe behalten zu dürfen. Zu aller Erfüllung war eine Hoffnung zuletzt noch über sie gekommen, und die Vorzüge des stillen Alters, das aus jeder Lebensstufe einen wünschenswerten Teil zurückbehalten, verbanden sich mit dem Glücke, das von außen her sie umgeben hatte.

Ihre Natur, die ein Leben lang nach der ihr angemessenen Umgebung sich gesehnt und unbewußt geschmachtet hatte, durfte vor ihrem Hinschwinden rein ihre ganze Freudekraft empfinden.

 **tredition®**

Über tredition

Eigenes Buch veröffentlichen

tredition wurde 2006 in Hamburg gegründet und hat seither mehrere tausend Buchtitel veröffentlicht. Autoren veröffentlichen in wenigen leichten Schritten gedruckte Bücher, e-Books und audio-Books. tredition hat das Ziel, die beste und fairste Veröffentlichungsmöglichkeit für Autoren zu bieten.

tredition wurde mit der Erkenntnis gegründet, dass nur etwa jedes 200. bei Verlagen eingereichte Manuskript veröffentlicht wird. Dabei hat jedes Buch seinen Markt, also seine Leser. tredition sorgt dafür, dass für jedes Buch die Leserschaft auch erreicht wird.

Im einzigartigen Literatur-Netzwerk von tredition bieten zahlreiche Literatur-Partner (das sind Lektoren, Übersetzer, Hörbuchsprecher und Illustratoren) ihre Dienstleistung an, um Manuskripte zu verbessern oder die Vielfalt zu erhöhen. Autoren vereinbaren direkt mit den Literatur-Partnern die Konditionen ihrer Zusammenarbeit und partizipieren gemeinsam am Erfolg des Buches.

Das gesamte Verlagsprogramm von tredition ist bei allen stationären Buchhandlungen und Online-Buchhändlern wie z. B. Amazon erhältlich. e-Books stehen bei den führenden Online-Portalen (z. B. iBookstore von Apple oder Kindle von Amazon) zum Verkauf.

Einfach leicht ein Buch veröffentlichen: **www.tredition.de**

Eigene Buchreihe oder eigenen Verlag gründen

Seit 2009 bietet tredition sein Verlagskonzept auch als sogenanntes "White-Label" an. Das bedeutet, dass andere Unternehmen, Institutionen und Personen risikofrei und unkompliziert selbst zum Herausgeber von Büchern und Buchreihen unter eigener Marke werden können. tredition übernimmt dabei das komplette Herstellungs- und Distributionsrisiko.

Zahlreiche Zeitschriften-, Zeitungs- und Buchverlage, Universitäten, Forschungseinrichtungen u.v.m. nutzen diese Dienstleistung von tredition, um unter eigener Marke ohne Risiko Bücher zu verlegen.

Alle Informationen im Internet: **www.tredition.de/fuer-verlage**

tredition wurde mit mehreren Innovationspreisen ausgezeichnet, u. a. mit dem Webfuture Award und dem Innovationspreis der Buch Digitale.

tredition ist Mitglied im Börsenverein des Deutschen Buchhandels.

Dieses Werk elektronisch lesen

Dieses Werk ist Teil der Gutenberg-DE Edition DVD. Diese enthält das komplette Archiv des Projekt Gutenberg-DE. Die DVD ist im Internet erhältlich auf **http://gutenbergshop.abc.de**

Zeitfracht Medien GmbH
Ferdinand-Jühlke-Straße 7
99095 Erfurt, Deutschland
produktsicherheit@kolibri360.de